〔明〕郝敬 撰
向輝 點校

毛詩原解
毛詩序説

下册

中華書局

毛詩序說

毛詩序説題辭

《詩》自《朱傳》行，而古序塵庋閣矣。朱子未改古序之先，譏古序爲鑿；既改古序之後，人疑《朱傳》爲猜。然譏古序而不求所以是，疑《朱傳》而不辨所以非，人誰適從？天下義理，訾量易而折衷難。兩物質而後功苦見，兩造具而後曲直分。余取古序、《朱傳》參兩，爲《毛詩序説》。舍《詩》説《序》者，《序》志而《詩》則辭也。孟子云：「善説《詩》者，不以辭害志，以意逆志，是謂得之。」志得而辭可旁通矣。夫説《詩》與説他文字異，他文字切直爲精核，《詩》含蓄爲温厚，古序得其含蓄。《朱傳》主於切直，反以含蓄爲鑿空，《三百》古序，無一足解頤者矣。人非賜、商，未可與言《詩》。余幼承師説，守功令，何敢自異。偶閲古序，覺食芹美，人各有心，問之同學，可則與衆公之。若其否也，野人無知，博一笑而已，其敢有它。天啓五年七月初三日郝敬識。

毛詩序説卷之一

國風

説曰：撓萬物者，莫疾乎風。風者，有聲無形而能動物。《易》巽爲風，爲入。巽者，順也。巽言易入，故首以命詩。《國風》，周列國詩也。古之王者，采詩以觀民風，故家邦之詩曰風。風之爲體，飄姚和動；雅之爲體，詳允端慤；頌之爲體，湛静莊嚴。若夫《關雎》《麟趾》之類，則風、雅、頌之義備矣，雅、頌未有無風而能動人者，故六義首風。然僅十五國，何也？周衰詩亡，聖人所删訂者止此耳。以十五國槩方内風俗，大畧可觀矣。

周南

説曰：周，岐、豐也。周家王業始造之地，故以首《風》。文王以聖德治岐、豐，化行梁、荆。梁、荆在岐、豐東南，故曰南。不言北者，紂都在北。文王三分有二，正東南之間也。言周、召者，文王之世，周公治内，召公治外。畿内曰周，畿外曰召。言南者，指政教所及，皆周有天下後，追誦其事，令世世師文王也。然古序不言文王，言后妃，何也？化始宫韓，言后妃，皆文王也，如言四時百物，即天也。

朱子執此短《序》，非也。

001 關雎

古序曰：《關雎》，后妃之德也。毛公曰：風之始也，所以風天下而正夫婦也，故用之鄉人焉，用之邦國焉。風，風也，教也。風以動之，教以化之。詩者，志之所之也。在心爲志，發言爲詩。情動於中而形於言，言之不足，故嗟歎之；嗟歎之不足，故永歌之；永歌之不足，不知手之舞之、足之蹈之也。情發於聲，聲成文，謂之音。治世之音安以樂，其政和；亂世之音怨以怒，其政乖；亡國之音哀以思，其民困。故正得失，動天地，感鬼神，莫近于詩。先王以是經夫婦，成孝敬，厚人倫，美教化，移風俗。故詩有六義焉：一曰風，二曰賦，三曰比，四曰興，五曰雅，六曰頌。上以風化下，下以風刺上；主文而譎諫；言之者無罪，聞之者足以戒，故曰風。至于王道衰，禮義廢，政教失，國異政，家殊俗，而「變風」「變雅」作矣。國史明乎得失之迹，傷人倫之廢，哀刑政之苛，吟詠情性，以風其上，達于事變，而懷其舊俗者也。故「變風」發乎情，止乎禮義。

發乎情，民之性也；止乎禮義，先王之澤也。是以一國之事，繫一人之本，謂之風；言天下之事，形四方之風，謂之雅。雅者，正也，言王政之所由廢興也。政有小大，故有《小雅》焉，有《大雅》焉。頌者，美盛德之形容，以其成功告于神明者也。是謂四始，詩之至也。然則《關雎》《麟趾》之化，王者之風，故繫之周公。南，言化自北而南也。《鵲巢》《騶虞》之德，諸侯之風也，先王之所以教，故繫之召公。《周南》《召南》，正始之道，王化之基。是以《關雎》樂得淑女，以配君子；憂在進賢，不淫其色；哀窈窕，思賢才，而無傷善之心焉。是《關雎》之義也。

說曰：凡《詩序》首句，舉《三百》本事，鄭玄所謂逐篇之《小序》也。謂爲子夏與毛公合作，非也。或是當世掌故之舊目，或是夫子删正之舊文。以下申首句未盡之義，則爲毛公作，是也，乃其所以爲毛氏之學也。今加「毛公曰」三字别之。玄又謂《關雎序》自「風風教也」以下，爲《三百篇》「大序」，子夏作，亦非也。毛公序説，多游演旁通，而《關雎》首《三百》，故于此總論全經大旨，末仍歸《關雎》。本屬一篇，而朱子割取「詩者志之所之」以下至「詩之至也」，别爲《大序》。今依古本合之，皆毛公作也。各篇古序，惟首一句耳。此篇云后妃之德者，何也？女德無極，不妬爲本。妬生于淫，淫妬則衆惡皆歸。關雎好逑，言其不妬也。荇菜思服，言其内官備職，淑女同心，共承宗廟，仁孝和敬之至也。《禮》：王者一娶十二女；六宮之屬，百有二十人。《祭統》云：官備則具備。蠶繅衣服，酒醴粢盛，薦豆和羹之事，皆后妃主之，而内官左右相之也。恆情女入宫見妬，惟賢妃能寤寐求賢，憂宗廟乏人，中饋闕事，君寵偏暱，而胤嗣不廣，所謂「憂在進賢，不淫其色。哀窈窕，思賢才，而無傷善之心」者，此也。故曰后妃之德也。然《周南》本文王之詩，而文王之妃則大姒也。古序不言大姒，言后妃，何也？曰：《二南》之作，凡爲天子、諸侯、大夫、士、庶人，脩身齊家之法也。以文王風之，非專爲美文王大姒作也。其曰后妃之德者，言凡爲王后妃者，皆當如是也。故《鵲巢》亦曰夫人之德，言凡爲君夫人者皆當如是也。大抵《二南》作于王業成後，揚祖德，訓後嗣。而朱子謂此篇爲王季宫人，喜文王得大姒作，尤非也。果爾，宫人好德，與后妃何預？《三百篇》好德之詩不少，樂不淫，哀不傷，何獨一《關雎》也？《關雎》化行，文王三分有二矣，不應大姒初嫁來，便有《關雎》也。其詠雎鳩，何也？六義所謂比也。雎鳩，鳥名，即布穀也，狀似鷹。《月令》：「仲春鷹化爲鳩，季秋鳩化爲鷹。」《夏小正》云：「二月化鳩，五月化鷹。」《列禦寇》云：「鷂爲鸇，鸇爲布穀。布穀久，復化爲鷂。」其目睢然，故名睢鳩；其鳴勸耕，故名布穀。布穀鳴，農務興。天子耕籍以供粢盛，王后蠶繅以爲衣服。《禮》：仲春，王后率内外命婦，始蠶于北郊。率六宫之人，生穜稑之種獻于王勸籍。凡宗廟祭祀，男女昏姻，皆于仲春，故以雎鳩比。然鳥類多矣，獨取雎鳩，何也？鳩之言聚也。鳥惟鳩多族，而雎鳩乘陽氣變化，與他鳩異，故以爲王后妃之比。在河洲，何也？幽鳥不集廛市。古國有公桑蠶室，擇近水地爲之。卜三宫夫人、世婦之吉者，使入蠶室，奉種浴于川。《二南》皆作于周公制禮之時。中都既建，大河當其北，即公桑之北郊蠶室也。雎鳩鳴，春冰泮，河水方生。德莫平于水，量莫廣于河。河洲平曠，羣鳥飛集，飲啄其中，所謂不争之地，不妬之比也。次言荇菜，何也？荇，蘋藻之屬。宗廟之禮，有釋菜，有豆菹，有和羹，皆用菜。荇，水草，明潔可薦。《春秋傳》云：「蘋蘩藴藻之菜，可羞于鬼神。」祭則后妃薦豆，故以荇菜比也。謂之比，何也？詩言微婉，託物爲比，陳辭爲賦，感動爲興，三義合而成詩。朱子斷以某詩爲賦，某詩爲興，某詩爲比，非也。詩有無比者，未有無賦與興者，比不離興，比、興不離賦。古註未達，而朱子以「興爲先言他物，興起所詠之事」，與比何别乎？子云「詩可以興」，豈謂其可以先言他物乎？舛誤難通。○詩通《關雎》，《二南》思過半矣。本詠后妃之德，而渾然不露。託雎鳩、荇菜爲比，内官蠶繅，粢盛籩豆，祭祀禮樂，無所不備。勤儉之節，温厚之性，仁孝誠敬之思，悠然可想。衽席易溺，而能寤寐思賢，反側不安。不淫不妬，尤爲女德之先，風教之本也。夫子贊其樂不淫、哀不傷，以此。朱子謂爲宫人哀樂，于后妃何預乎？然亦不自后妃始也。惟王者有卜〔一〕夢求賢之思，而後后妃有《關雎》之德；惟王者有卑服康功之志，而後后妃有《葛覃》之本。故曰：「身不行道，不能行於妻子。」觀后妃而王道始基矣。此夫子定《二南》之意也。

002 葛覃

古序曰：《葛覃》，后妃之本也。毛公曰：后妃在父母家，則志在於女功之事，躬儉節用，服澣濯之衣，尊敬師傅，則可以歸安父母，化天下以婦道也。

説曰：朱子改爲「后妃治葛既成，而自賦其事」，非也。按，《關雎》母儀之事，《葛覃》處女之事。未嫁爲賢女，則既嫁爲賢婦，故《葛覃》爲本。《大明》云「文王嘉止，大邦有子，俔天之妹」，女少曰妹，此章所謂俔天之妹者也。《關雎》兼言蠶事，此章專言績事。蠶絲以供禮服，葛麻以供常服。恆居無羅紈，不厭布縷。嫁時無靡麗，不棄澣濯。采葛刈濩，紡紝縫洗，不辭親執。言語服飾，必諮師保。歸事舅姑，無異父母。勤儉之節，恭順之性，仁孝之心備矣。有女如此，以爲婦，可以安舅姑；以爲后，可以母天下。《序》説

〔一〕卜，原爲十，據《毛詩原解》改。

是也。朱子因無贊美之辭，遂謂爲后妃自作。夫《二南》，皆先王所以垂訓，爲齊家治國之道，非爲贊美作也。有贊謂之美，無贊謂之自作，朱子説《詩》，大都如此。〇《詩》與傳記異，事不必據，語不必詳，而情景躍然，風人之致也。《葛覃》僅七十餘字，而賢女勤儉之節，孝敬之心，宛然可想。朱子以爲文王后妃自叙，計《二南》成時，大姒老且薨矣。所稱中谷刈濩，黄鳥灌木，聞聲見色，一一覈實，豈非高叟之爲《詩》歟！

003 卷耳

古序曰：《卷耳》，后妃之志也。毛公曰：又當輔佐君子，求賢審官，知臣下之勤勞。内有進賢之志，而無險詖私謁之心，朝夕思念，至于憂勤也。

説曰：婦人以縫衣裳、冪酒漿爲事。葛覃，衣裳也；卷耳，酒漿也。卷耳之草，可爲麴蘖。因酒漿，念及使臣，有進賢之志也。策馬登陟，皆使臣之事。后妃而酌使臣酒，何也？《禮》：王者獻賓，則后妃亞獻。《小雅》之《四牡》《皇華》《采薇》《杕杜》，遣勞使臣，皆王者所以饗諸臣于外廷也。《卷耳》，則后妃所以相王于中壺也。《卷耳》之志，是《采薇》《杕杜》之治所出也。志在箴規，義取卷耳，以諷其聽也。《陳風·東門之枌》曰「彼美淑姬，可與晤歌」，則莫如《卷耳》之歌矣。《小雅》「間關」曰「辰彼碩女，令德來教」，若《卷耳》者，可謂德教矣。凡爲天子后妃者，志當如是，故曰后妃之志。朱子改爲后妃思念君子而作，以婦人思念君子，爲貞静專一之至。非也。婦人不念其夫而誰念乎？婦人念其夫者多矣，孰能爲《卷耳》者乎？升高望夫，馳馬登山，飲酒銷憂，幾乎蕩矣。縱謂託詠，亦何以異于鄭衛之聲乎？或者謂婦人勿預外事，然則《雞鳴》之解佩，十亂之邑姜，胥宇之太姜，非乎？婦稱内助，不此之助，而安所取助乎？不越酒食，不及爵賞，借中饋以效箴，故謂之志云爾。豈婦無公事，休其蠶織之謂哉！○《關雎》備厚載之德，《葛覃》修内政之本，《卷耳》懷進賢之志。后妃所以相君子者，至矣。詩人託興微婉，懿範徽音，千古如在。正使大姒自道，不能有加。而朱子據篇内「我」字，遂以爲大姒自叙，固矣。

004 樛木

古序曰：《樛木》，后妃逮下也。毛公曰：言能逮下，而無嫉妬之心焉。

説曰：此詩人詠歌之辭。朱子改爲衆妾稱願而作，非也。其言南有樛木，何也？南方陽明，故《詩》美多比南；北方幽暗，故《詩》刺多比北。木垂枝曰樛。樛木下接，葛藟上附，象后妃逮下，衆妾親上。二語賦、比、興三義具矣。朱子謂先言他物，興起所詠之事。然則樛木二語，先言他物，而所詠之事安在？他篇可類推。○《關雎》以下三篇，曰德、曰志、曰本，皆言后妃之賢也。此篇言其福履，下篇遂及其所生，漸被國人，致興王之瑞，達化之序也。

005 螽斯

古序曰：《螽斯》，后妃子孫衆多也。毛公曰：言若螽斯不妬忌，則子孫衆多也。

說曰：此亦詩人詠歌之辭。朱子以爲即衆妾自作，非也。其以螽斯比，何也？螽斯，蚢蝑，生子最多。凡血氣之類，不和，則不能羣；羣處則蕃息。善羣莫如螽斯。后妃慈和以羣，衆妾而多子，故以螽斯比。然辭意隱約。于螽斯，詠其羣，不言和而其和可知；于后妃，詠其子孫多，不言羣而其羣可知；不直稱君子，而但指螽斯贊歎。微婉深厚，悠然可想。朱子謂爲比，是也。然以螽斯比，即是以螽斯興。借物爲比，感物爲興。義雖有二，其致則一。〇誦《螽斯》，而后妃之德，徵于所生矣。樛木逮下，進御者衆，故生子多。編《詩》者，以義相承也。

006 桃夭

古序曰：《桃夭》，后妃之所致也。毛公曰：不妬忌，則男女以正，婚姻以時，國無鰥民也。

說曰：后妃不妬忌之德，刑于下國。凡男女之有室家者，皆有《樛木》《螽斯》之風，故曰后妃所致。桃多子，其花有色，家園常植，故以比婦女。先王令民仲春，大會男女。是月也，桃始華，即時物爲比也。○誦《桃夭》而知后妃之化，徹于國矣。雖庶民之家，未有閨範不淑，而能齊其家者。然風教則自上始也。此亦詠歌之辭，朱子以爲詩人因所見起興，則是桃花開時，見嫁女者而作此詩，以賞其女之賢也。説《詩》如此，何異高叟！

007 兔罝

古序曰：《兔罝》，后妃之化也。毛公曰：《關雎》之化行，則莫不好德，賢人衆多也。

說曰：邦國多士，文王之作人也。然有后妃之助，則王教基始。故當其寤寐淑女，友樂不忘。賢賢易色之風，始于閨門，而達諸朝廷邦國。士類興起，以至深山窮谷，芻蕘雉兔之輩，皆懷才抱德，足以待明主寤寐之求。所謂存神過化，遷善不知，王民之皥皥也。而皆自齊家始，故曰：「刑于寡妻，以御于家邦」。帷薄不修，而能化家邦者，未之有也，故曰：「后妃之化，明王教之所始也。」○誦此詩者，想見當世山林草莽之士，皆有肅恭之德，而無播棄之憂。下能修之，上能知之。四友十亂，所以奕世用之不盡者，皆《關睢》之助也。後王艷妻煽處，羣小蔽賢，周宗以滅。聖人删《詩》，首《二南》，有以夫！

008 芣苢

古序曰：《芣苢》，后妃之美也。毛公曰：和平，則婦人樂有子矣。

説曰：《兔罝》詠功，故曰化；《芣苢》詠俗，故曰美。女衆曰美。《國語》云：「女三爲粲。」粲者，美之物；美者，吉善之名。后妃不妬忌而宜子孫，婦人以和平而繼《螽斯》。室家驩慶，庶女胥悦，故曰美也。以芣苢比，何也？芣苢之實宜妊，婦人所需也。閭閻安樂，男服事乎罝羅，女服事乎蓄聚，室家無仳離之憂，而皆以生子爲願。詩人託詠芣苢，見王民皞皞，而古序惟以一「美」字括之，極精約。非毛説，未易會也。事不必責實，而太平景象宛然。《詩》可以興，其斯之類。《朱註》必以爲采芣苢之婦人自作，拘泥淺率甚矣。〇此詩本詠王者化國之日。不言朝野士庶，而言婦人；不及織紝女工，而託詠采芣苢。終篇變換，纔六字。一唱三歎，恍然如見庶女于原野之間，聞其謳歌之聲者。《詩》所以善于言也。

009 漢廣

古序曰：《漢廣》，德廣所及也。毛公曰：文王之道被于南國，美化行乎江、漢之域，無思犯禮，求而不可得也。

說曰：前篇自《關雎》以下，古序皆因首句爲目，此篇宜目爲《南有喬木》；如摘詩中語，宜目爲《江漢》。而云《漢廣》者，取「廣」字之義，以表德也。《六經》文字，惟《詩》可斷取，如《曹風・匪風》《大雅・嘉樂》之序，皆然。故毛公即「廣」字義釋之，始自宫壼，遠及江漢，可不謂廣與？朱子詆其謬，非也。此序獨不言后妃者，廣及江漢，非内官之職，統諸王者焉。○江、漢、楚地，其先鬻熊事文王，受封先諸姬，是爲聖教首善地，《漢廣》《汝墳》正當其時。《國風》不列楚，即《二南》可以觀矣。夫子師文王，删《詩》録《漢廣》，有心哉！齊魯不競，徘徊陳蔡之間者數年，意在楚耳。昭王之不禄，天也。儒者論《春秋》夷楚，何居？

010 汝墳

古序曰：《汝墳》，道化行也。毛公曰：文王之化行乎汝墳之國，婦人能閔其君子，猶勉之以正也。

說曰：朱子謂文王三分天下有二，率商之叛國事紂，故汝墳之人，猶以文王之命，供紂之役。其家人見其勤苦，作此詩勞之。註疏亦謂行役大夫之婦人作。或然，而亦不必然也。《詩》多託興，非必皆其人自作。或曰：若是，何以爲風？曰：因是事，爲是詩，以鼓舞是人，故謂之風。近世學士傳貞女節婦，亦曰以俟採風，豈盡貞女節婦自作邪？世儒言風，動稱里巷之歌，拘也。此篇首二章，勞苦饑困，不忘君子，見其勤而貞；後一章，閔其君子勞苦，勸以義，見其正而烈。行役者有此婦人，即其閑家可知，故曰文王之化也。

011 麟之趾

古序曰：《麟之趾》，《關雎》之應也。毛公曰：《關雎》之化行，則天下無犯非禮，雖衰世之公子，皆信厚如麟趾之時也。

說曰：《周南》以《關雎》始，以《麟趾》終；《召南》以《鵲巢》始，以《騶虞》終。編《詩》者取德脩瑞應之義，著王道之成也。道化至此，太平有象，與古四靈畢至之世無異，故毛公曰「如麟趾之時也」。商紂之末，俗奢壞禮。《關雎》化行，若《桃夭》之子，《兔罝》野人，《芣苢》《漢廣》《汝墳》之士女，皆知守禮。其貴家世族子姓，少而愿謹，威儀容止，振振有端厚之風。故詩人託麟趾，以表聖瑞，見文王修齊之化成，而周道大興也。《朱註》以公子爲文王后妃之子孫，以麟比文王后妃，趾比公子，于義牽强。按《周南》十一篇，皆以次自近及遠，《江漢》《汝墳》之後，而及家庭，編次亦垂矣，序説不可改也。○世禄之家，鮮克由禮。其子弟飛揚跋扈，蛇冠而虎翼，由來漸矣。此詠公子之賢，歸于振振，命之曰麟。稱其趾、其定、其角，翯然端莊謹厚。令儀令色，瞻之在前。辭約而旨遠，妙于形容矣。

召南

説曰：召南，岐周地名，召公奭之采邑。風名《召南》，而詩非召詩，皆王教也。《周南》岐、豐首善，王者之風也。《召南》教行南國，諸侯之風也。《周南》亦有南國詩，如《江漢》《汝墳》，化由周達也；《召南》無周詩，專言化之及遠也。《周南》醇懿粹美，覺宇内雍熙；《召南》轉移變動，氣運方新，皆始于閨門，達于邦國也。

012 鵲巢

古序曰：《鵲巢》，夫人之德也。毛公曰：國君積行累功，以致爵位。夫人起家而居有之，德如鳲鳩，乃可以配焉。

説曰：朱子改爲「南國諸侯被文王之化，詩人美其嫁娶而作」，非也。序但言夫人之德，不言爲某諸侯夫人，則是凡爲諸侯夫人者，皆當有是德也。德何如？王后妃之德，厚載以承天，故《關雎》思賢；君夫人之德，静專以守成，故《鵲巢》無爲。然則何以首《召南》？《召南》者，諸侯之風。諸侯教國，先教家。《召南》首夫人之德，亦猶《周南》首后妃之德也。然則非文王之事歟？曰：是也。而不必當文王時，果有君夫人如此者。文王教之，皆欲其如此也。若《朱傳》云「南國諸侯，能正心脩身以齊家，其女子有專静純一之德」，若是，則紂時有二文王、兩大姒也。何必然？故毛公謂國君積功累行，意以文王當之，而亦不專指文王。又云夫人起家居而有之，意以大姒當之，而亦不專指大姒。見詩人所以詠歌，聖人所以編次《二南》者，皆風後世人主齊家治國之道，而非按事指據也。然則謂爲文王之化，又何也？文王爲天子教天下，則后妃之德，《關雎》也；文王爲諸侯教國人，則夫人之德，《鵲巢》也。蓋教于王畿，必始《關雎》；教于列國，必始《鵲巢》。其比鵲巢，何也？春鳥巢居，正婚姻之時。鵲巢木杪，最高大。不取墮枝，有尊貴之義焉；自冬至春始成，有積功累行之義焉；户牖背歲向太陰，有下女之義焉。鳩，鳲鳩，一名鶻鵃，南方之鳥，不自爲巢，遇鵲巢則託之，鵲亦安之。他鳥未有若是者，故爲受成之比。鳥唯鳩多族，天子諸侯之配，皆以鳩比。而雎鳩變化，以比王后。鳲鳩守成，以比君夫人。君夫人比鳲鳩，何也？王者開創，諸侯襲享封國。故周公作《梓材》曰：「以厥庶民，暨厥臣，達大家。以厥臣達王，惟邦君。」邦君無爲受成，而其夫人可知也。《大雅》曰「哲夫成城，哲婦傾城」，《小雅》曰「無非無儀，無父母貽罹」，君夫人而欲專成，毁巢之道也。故曰：《鵲巢》，夫人之德。

013 采蘩

古序曰：《采蘩》，夫人不失職也。毛公曰：夫人可以奉祭祀，則不失職矣。

説曰：朱子改爲「南國諸侯夫人被文王之化，家人叙其事以美之」，非也。夫人，猶前《鵲巢》夫人，不必定求其人，而詩皆文王所以脩身齊家教南國者也。序謂不失職，何也？諸侯冕而親迎，以重宗廟。故修籩豆，奉祭祀，君夫人之職也。然必有《鵲巢》之德，有親操之勤，有齊莊之容，然後可。若《采蘩》夫人，斯可矣。惟文王大姒足以當之，苟南國諸侯夫人有若此者，亦大姒之教、文王之化。然而非必有此夫人也，朱子謂美其君夫人而作，固矣。

014 草蟲

古序曰：《草蟲》，大夫妻能以禮自防也。

說曰：朱子改爲「大夫行役在外，其妻獨居，感時思夫而作」，非也。《毛傳》謂「大夫妻初嫁來，能以禮自防」，是矣。稱妻者，自嫁後既覯君子而言。草蟲、阜螽，皆螽斯之屬，性善羣，故以爲比。蕨，一名鼈脚，可以茹；薇，細豆苗，可以和羹，皆中饋之事。草蟲躍，蕨薇生，仲春之會也。蕨之言别也，女子遠父母之比。薇之言微也，女子寡小自謙之比。所以知爲大夫妻者，據編《詩》，首《鵲巢》，君夫人初嫁也；次《采蘩》，即君夫人之職；此章，大夫妻初嫁也；次《采蘋》，即大夫妻之職。女子嫁，父母命之曰：「往之汝家，必敬必戒。」新婦入門，良人未習，私懷憂慮，不以新昏爲喜，以失禮爲憂。一則曰憂心忡忡，再則曰憂心惙惙，三則曰我心傷悲。未見君子，憂不釋。既見不覯，憂猶不釋。必其既見既覯，憂心始平。如此自防，可謂知禮矣。然詩非必其新婦自作。詩人詠王化所從來，見文王所以教南國，莫非以禮齊家之事也。○按，是詩謂初嫁之女自防，則爲守禮；謂獨居之妻思夫，則爲鍾情。《小雅》以勞歸士，體其情也；《召南》以詠賢妻，貴其禮也。故《序》確而正。

015 采蘋

古序曰：《采蘋》，大夫妻能循法度也。毛公曰：能循法度，則可以承先祖，共祭祀矣。

説曰：序于諸侯妻奉祭，言不失職；于大夫妻奉祭，言能循法度，何也？君修法度，臣奉法度者也。故君不祭爲失職，臣不祭爲廢法度。凡祭，備物行禮，主婦職中饋薦豆，採取烹芼，器皿奠獻，莫不各有法度。大夫三廟，宗子繼嫡，世爲大夫，其廟爲宗室。非宗子而爲大夫，其廟亦建于宗子之家。祭則夫婦往宗子家行禮。此皆所謂法度也。詩詠季女，大夫妻也。主人非宗，故其妻稱季，猶言少婦，以别于宗婦也。《箋》因季女之文，遂謂大夫妻之未嫁者，教于宗室三月，告成于祖之祭。然序既言妻，非未嫁之女。女未嫁而出采蘋藻，非法度也；未嫁而親主祭于宗室，尤非法度也。《箋》説附會詩辭，與序不合。朱子改爲「南國大夫妻被文王之化，家人叙事美之」，尤拘也。所謂大夫妻者，言凡爲大夫妻皆當如是。言妻而大夫可知也，亦猶諸侯妻之有《采蘩》云爾。

016 甘棠

古序曰：《甘棠》，美召伯也。毛公曰：召伯之教，明于南國。

説曰：甘棠，常棣也。其實味甘，故曰棠，仁人之澤似之，故以爲比。召公爲西伯之大夫，敷教南國，嘗舍止棠下。後人思之，託樹以致遺愛焉。棠，梨屬，梨之言離也，去思之比。夫召伯之教，本皆文王之教也。人服召伯之教，愛召伯，而不知教所自來，此謂民日遷善而不知爲之者也。思召伯而文王可知也。按，召公當文王時。未稱伯，亦足以徵《二南》之詩，不作于文王之世，明矣。○是詩語緩而情切，辭約而旨深。不言召伯之仁，有言所不能盡者。千古去思，此爲首唱。

017　行露

古序曰：《行露》，召伯聽訟也。毛公曰：衰亂之俗微，貞信之教興，彊暴之男，不能侵陵貞女也。

説曰：霜化爲露，仲春之會也。女子幽貞，爲彊暴所搆，辱在泥塗，自視不勝沾濡，故以厭浥行露爲比。雀、鼠比小人，角、牙比争辯。雀有角，鼠有牙，比訟者之無情，皆詩人賦貞女之辭也。貞女守禮，男子强求之，故訟。守禮者，文王之教，訟則紂之餘風也。朱子改爲「貞女自述己志」，豈以聖人使民無訟，而序言聽訟爲非邪？虞芮質成，亦訟也。羑里之獄，文王身不得免焉。孔子無訟之説，爲不知本者言耳，非謂聖人有訟弗聽也。唐虞之際，訟獄者不之堯之子而之舜。及其爲天子也，皋陶爲士，夫爲聽訟歟？誦此詩者，想見貞淑之氣，如疾風勁草，挺然孤秀。女之有壯節者，非徒婉嫕柔質而已。而召伯聽斷明允，使幽貞之情，得伸雪于濁世。文王之教遠矣哉。詩人亦可謂善于占誦矣。

018 羔羊

古序曰：《羔羊》，《鵲巢》之功致也。毛公曰：召南之國，化文王之政，在位皆節儉正直，德如羔羊也。

説曰：《羔羊》云《鵲巢》之功，猶《兔罝》云后妃之化也。宫幃有專静均一之德，故朝廷有節儉正直之風。節儉，故衣服有常；正直，故進退有度。羔裘者，大夫之法服也。羊柔順能羣，逆牽則不進，故以比正直。裁皮爲裘，方幅整齊，有正直之象。聯之以絲，羔小裘美，用皮多，紽之以絲亦多。羊大皮少，絲止用五，其色又素，故曰節儉。其儀度安重，難進易退，故曰德如羔羊也。

019 殷其靁

古序曰：《殷其靁》，勸以義也。毛公曰：召南之大夫遠行從政，不遑寧處。其室家能閔其勤勞，勸以義也。

説曰：此詩猶《周南》之有《汝墳》。大夫有此妻，是《鵲巢》之化行，而大夫刑于可知也。其託詠殷靁，猶《汝墳》之「王室如燬」也。西伯率南國大夫以服事殷，故婦人以天威比王命。殷，靁聲，比殷商也。南國至朝歌，千有餘里，而紂虐遠及，故曰靁在南山之陽。何斯違斯，儆之以思也。莫敢或遑，勉之以勤也。振振，美之也。歸哉，憂之也。哀而不傷，怨而不怒，親愛而不忘公義。有婦如此，豈非《鵲巢》之流亞歟？然詩亦不必即其婦人自作。朱子改爲婦人思夫，則降而爲「變風」亦可矣，何貴爲《二南》乎？

020 摽有梅

古序曰：《摽有梅》，男女及時也。毛公曰：召南之國，被文王之化，男女得以及時也。

説曰：朱子改爲「女子以貞信自守，懼其嫁不及時，而有强暴之汙」，非也。蓋以詩辭嫌于女求男，周旋其説云爾。愚謂男女居室，人情耳。《葛覃》之告歸，非后妃自告邪？商紂之季，王室如燬，男女失時，文王化行，閭閻安樂，故女子感時思歸，猶《豳風》采桑之女，殆及公子同歸，王民皞皞之象也。王道本乎人情。《摽梅》，人情之至也。顧其詩，非必即出其女之口，而當世民情有家之願宛然。情雖切而不苟且遷就，往必待求，求必以時，容非文王之教邪？其託詠于摽梅，何也？梅之言媒也。孟春梅始華，華落則實，實漸多則華漸少。而仲春至，正婚姻之期矣。而詩託詠不于男而于女，何也？詠于女子，而後見性情之至也。《二南》之化，皆自中閨始耳。

021 小星

古序曰：《小星》，惠及下也。毛公曰：夫人無妒忌之行，惠及賤妾，進御於君，知其命有貴賤，能盡其心矣。

説曰：《小星》夫人，猶《鵲巢》《采蘩》之夫人也。朱子謂能不妒忌以惠下，是也；謂南國夫人被文王之化，衆妾美之而作，則拘矣。詩人歌此，謂凡君夫人者，皆當如是也。蓋妒忌，女惡之大者；不妒忌，女德之大者。后妃之《關雎》，亦惟思窈窕，無傷善之心而已。君夫人而使衆妾皆得進御，安其分，無怨言，則亦有《關雎》之風焉。其以小星比，何也？不敢自同于大明也，猶諺云「衆星不敵一月」之意。衆妾進御，昏入晨出。昏入則星見于東，晨出則星見于西，即往來所見爲比。然亦非必其進御之妾自作也。

022 江有汜

古序曰：《江有汜》，美媵也。毛公曰：勤而無怨，嫡能悔過也。文王之時，江沱之間，有嫡不以其媵備數，媵遇勞而無怨，嫡亦自悔也。

說曰：《禮》：諸侯一娶九女，二國媵之。夫人與媵，各有姪有娣，爲九。夫人進御君所，則媵從。嫡初歸，不以媵備進御之數。或勞使之，而媵亦無怨，嫡感而自悔。故詩人作此以美媵，見媵之賢，而嫡所以能悔者，皆《關雎》之化也。其以江有汜比，何也？物無情莫如水，而江以納衆流，故大。物大則小者從，媵從嫡亦猶是也。支流分而復合，比媵始棄而終見收也。然何以知其不爲美嫡也？曰：詩代爲媵言，則爲美媵矣。以汜自比，以江比嫡，賢女恭順之辭也。《小星》自託，以日月之光比夫人；《江汜》自況，以洪流之量比正嫡。知命守分，所以爲賢女。而朱子改爲「媵待年于國，嫡不與偕行。後嫡悔而迎之，媵作此詩。」非也。蓋惑于《箋》「獨留不行」之語。夫彼所謂不行者，不同宮中進御之行也，非謂在母家不同嫁也。如待年不行，豈得怨嫡，嫡亦何從而勞使之乎？

023 野有死麕

古序曰：《野有死麕》，惡無禮也。毛公曰：天下大亂，彊暴相陵，遂成淫風。被文王之化，雖當亂世，猶惡無禮也。

說曰：朱子改爲「女子自守，不爲彊暴所污，詩人因所見以美之」，近似。而古序必曰「惡無禮」，何也？蓋紂時淫昏成俗，而羞惡之心，人所自有。文王化行，皆知無禮之可惡。故詩不貴其貞潔，而貴其知恥也。知恥，則不屑不潔。此導民之本，格心之化也。末序言及此，非經聖裁，未易苟作。麕鹿，比奔也。死麕、死鹿，如惡惡臭，醜詆之辭也。末章述女子羞惡之情，言尨吠，則雖狗彘亦惡之矣。如朱説因所見，則是詩人適野，見死麕、死鹿，士包茅以遺女，女罵于室，犬吠于門，而賦此詩也。何以異于説夢乎？凡朱子言《詩》類此，宜其以古序爲鑿空也。

024 何彼襛矣

古序曰：《何彼襛矣》，美王姬也。毛公曰：雖則王姬，亦下嫁於諸侯，車服不繫其夫，下王后一等，猶執婦道，以成肅雝之德也。

説曰：《召南》有此王姬，猶《周南》有公子，皆王教所漸也。王姬雖嫁于諸侯，而其儀衛，較諸侯尤貴。能不以貴驕，其車馬僕從，謙恭柔順，所以可美。朱子謂爲武王以後詩，是矣。疑平王爲東遷之宜臼，齊侯爲齊襄公諸兒，非也。《二南》皆追誦文王齊家、治國、平天下之化。所謂平王、齊侯云者，如《書・大誥》稱武王爲寧王，《酒誥》稱爲成王，《商頌》稱契爲玄王，《易》云康侯，《周禮》云寧侯，皆非定謚也。平，正也。齊，一也。如均平、蕩平、齊聖、狗齊云爾，皆美其祖父之德，見男女家教有本。即文王之孫，下嫁諸侯者也。若謂東遷以後之詩，則當入《王風》。宜臼、諸兒，其名字何足以辱簡策，而厠諸《二南》之間乎？其比唐棣，何也？唐棣之華，並蒂攢簇，有類聚親睦之象焉，故以比兄弟昏姻。而桃李多子，釣絲相連，故以比男女也。

025 騶虞

古序曰：《騶虞》，《鵲巢》之應也。毛公曰：《鵲巢》之化行，人倫既正，朝廷既治，天下純被文王之化，則庶類蕃殖，蒐田以時，仁如騶虞，則王道成也。

說曰：《周南》終《麟趾》，而國族張，故爲《關雎》之應；《召南》終《騶虞》，而品物遂，故爲《鵲巢》之應。蓋好德者，其子孫必賢；貞靜者，其發生必盛。化始宫幃，近乎遠應，非倖致也。《朱註》以爲文王之化，則是；以爲美南國諸侯，非也。蓋《召南》雖諸侯之詩，非必諸侯能爲《召南》也。言文王所以教南國者，仁及鳥獸草木，功贊化育，非聖人不能。而于《召南》言之者，所以終之也。南方卑濕，多生蘆葦，野獸成羣，故以爲比。非謂《鵲巢》獨能致《騶虞》，《關雎》獨能致《麟趾》也。以麟應鳩，以騶應鵲，比類屬辭云爾，非專主鳥獸也。毛云仁如騶虞，則是真以騶虞爲獸而配麟。後儒因謂騶虞白虎黑文，或謂騶虞尾長于軀，引漢武帝獲異獸騶牙爲徵。蓋因虞叶作牙，而附會之，不足信也。騶、虞，本二官名。《月令》「田獵，命僕及七騶」，《春秋傳》晋悼公使陳鄭爲御，六騶屬焉。蓋騶者，乘御掌馬之官。《書》舜命益作虞，《周禮》有山澤之虞，掌禽獸之官。《射義》云「天子以騶虞爲節」，樂備官也。田獵備官，而所取不多，五豕而殺一，其仁也如此。故歎美之。不敢斥君而呼騶虞，騶虞之仁，君之仁也。〇誦《騶虞》而王者仁贊化育矣。始于閨門，施于朝廷邦國，達于天下，以至天地泰和，品物咸亨，脩齊之效，蔑以復加已。故夫子謂伯魚曰：「人而不爲《周南》《召南》，其猶正牆面而立也與。」蓋王道以誠意爲本，誠意以刑家爲先。夫婦至暱也，閨閾至隱也，倡隨至便也，其切近至不可離也。故君子慎獨勿欺，必自此始。于此真能如見賓，如承祭，無惰行，無逸志，然後可以事父母，對兄弟家人，而無怍色；然後可以處朋友，事君使民，而無愧心；然後可以格鬼神，孚豚魚，之夷狄，蠻貊可行。文王純一敬止，又得大姒之助，故其存神過化，風行草偃，民日遷善而不知，皆脩身齊家，刑于寡妻之積效也。士君子進德修業，內有賢配，則事半功倍。苟不幸而帷薄不淑，則肺腑受病，非若藩籬垣牆，可委而棄之也。其事瑣于米鹽，其幾密于嚬笑，耳目心志，錮閉其中，而無適可離。故必刻勵衾影，以求底于正，然後家可齊，國可治。未有道不行于妻子，而能行于疎遠者矣。面牆而立，豈不誠然！或曰：《二南》之詩，皆里巷之謡也。此高叟之説也。蓋周有天下之後，追思當時流風善政，歌詠潤色，以詒式穀，此皆周公之制作也，而孔子删定于周衰之季，以示來許。若使在文王之時，而民謡有此，則將焉用周公、孔子爲也？學者誦《二南》，不必按事求徵。但據古序，以繹作者之志，脩身齊家治國，規模具在，明辟王以之洪化理，而士君子以之資進脩，洋洋美德哉！孟子曰：「待文王而後興者，凡民也；豪傑之士，雖無文王猶興」；周公曰：「文王我師」；孔子曰：「文王既没，文不在兹乎」，此之謂也。

毛詩序説卷之一終

毛詩序説卷之二

邶

説曰：邶、鄘、衛，皆商畿内之地，今河南衛輝府淇縣，即古朝歌，紂都也。武王滅紂，分朝歌以北爲邶，南爲鄘，東爲衛。邶、鄘不詳所封，衛以封康叔，其後邶、鄘皆併于衛。各因其地所得詩，分爲三國，其實皆衛詩也。以首「變風」，何也？《二南》成而周王，朝歌侈而殷墟。《關雎》基治，《緑衣》兆亡；紂覆于前，衛滅于後，所以明戒也。

026 柏舟

古序曰：《柏舟》，言仁而不遇也。毛公曰：衛頃公之時，仁人不遇，小人在側。

説曰：朱子改爲「婦人不得于其夫而作」，非也。忠臣不得于君，與賢女不得于夫，情相似，故忠臣常託賢女自鳴。怨而不怒，不遇而不忍去，序所以目爲仁人。以辭害志，故似婦人語，其實非也。舟以比濟世。柏木芳香後彫，以比君子。柏舟泛流，比仁人不遇也。

027 緑衣

古序曰：《緑衣》，衛莊姜傷己也。毛公曰：妾上僭，夫人失位，而作是詩也。

説曰：衛莊公惑于嬖妾，夫人莊姜賢而失位，故作此詩。其以緑衣比，何也？婦人，衣夫者也。夫人位中宫。黄者，中央土之正色。雜之以青，則爲緑。青，木氣也，克土，以比中宫之見逼于旁蘖也。衣爲上，裳爲下；表爲貴，裏爲賤，比嫡妾失所也。此詩莊姜自作，故序云傷己。與《載馳》《竹竿》之類，凡婦人自作者，序自分曉。朱子于他詩，一槩謂爲自作，非也。〇「正風雅」後，爲閨怨者多矣。《緑衣》之怨，婉喻而不直其事。憂嫡妾失所，而不及私情。渾厚端莊，不激不怒，所謂可以怨者邪。

028 燕燕

古序曰：《燕燕》，衛莊姜送歸妾也。

説曰：莊姜無子，以陳女戴嬀之子完爲己子。莊公卒，完即位。嬖人之子州吁弑之。故戴嬀大歸于陳，莊姜送之，而作此詩。其以燕燕比，何也？燕雀春來秋去，以比聚散。燕雀依人，爲乎子也，故玄鳥爲祈子之祥。莊姜之于戴嬀，以子相依，子亡而相失，故以爲比。不言夫死子弑，國破人亡，而託興燕燕，關山寥落，隻影孤飛，淒然有流離之感。至曲終奏雅，未亡人之志，有如皦日，千古離情，此爲絶唱。

029 日月

古序曰：《日月》，衛莊姜傷己也。毛公曰：遭州吁之難，傷己不見答於先君，以至困窮之詩也。

說曰：朱子改爲「莊姜不見答於莊公，呼日月而訴之」，非也。州吁之亂，莊公卒矣。夫人傷國難之不定，非不見答也。呼日月者，詩之情境，以夫婦之比，非專爲告訴日月也。

030 終風

古序曰：《終風》，衛莊姜傷己也。毛公曰：遭州吁之暴見侮慢，而不能正也。

說曰：終風且暴，比賊子飛揚跋扈，莊姜爲州吁作也。朱子改爲「傷莊公而作」，非也。誦《緑衣》《日月》，而莊姜蓋温惠婦人耳，必無恚忿過當之辭。此詩爲母憂子，則謂之賢母;爲婦怨夫,則傷于怒矣。毛説是也。

031 擊鼓

古序曰:《擊鼓》,怨州吁也。毛公曰:衛州吁用兵暴亂,使公孫文仲將,而平陳與宋,國人怨其勇而無禮也。

説曰:擊鼓,踴躍輕佻之狀。凡輕佻者無謀,《易·師》之《象》曰:「師,貞,丈人,吉」,以兵爲戲,州吁所以亡也。故曰《詩》可以觀。謂興爲無義,則所失多矣。

032 凱風

古序曰:《凱風》,美孝子也。毛公曰:衛之淫風流行,雖有七子之母,猶不能安其室,故美七子能盡其孝道,以慰其母心,而成其志爾。

説曰:朱子改爲「七子自作」,非也。凡詩人美刺,代爲其人之言,非必出其人之口。然則何以謂之道性情?曰:聲音之道,自與性情通。詠其事而可興可觀,即是性情之理。非以其人之詩,觀其人性情之謂也。詩以凱風、棘心比,何也?美其子之孝,則不忍斥其母之不善。故若爲幾諫也者,以達孝子和氣之衷。凱風以比和氣。棘,小棗叢生，以比七子也。爲孝子言，則凱風似母，棘心似子；爲詩人言，則凱風、棘心，皆諷其母之微辭也。凱，樂也。物通淫曰風。棘之言急也。心，花蘂也，俗云「棗花多心」，婦不貞之比也。棘性晚發，夏始生心。東風吹桃李，則男女及時。炎風至，摽梅落，而棘始生心，非桃夭之時矣。母生七子，猶有淫行。詩人不忍言母老，而但言子晚成，勞凱風之吹，善諷諭也。棘雖非大材，叢生可爲籬，中赤而外多刺，比七子衛護一母也。二章比薪，三章比水。子雖無用，足供薪水，豈其悦母，不如黄鳥乎？黄鳥應節，又爲審時之比也。

033 雄雉

古序曰：《雄雉》，刺衛宣公也。毛公曰：淫亂不恤國事，軍旅數起，大夫久役，男女怨曠，國人患之，而作是詩。

說曰：朱子改爲「婦人以夫從役于外，思念而作」，非也。詩人託閨怨以刺宣公，意不主閨怨也。後世詩多擬閨怨者，何必盡婦人自作邪？篇名《雄雉》，猶《齊風》之「雄狐」也。雄雉善雊，《小弁》云「雉之朝雊，尚求其雌。」泄泄其羽，狎雌之狀。雉之言恥也。若以爲婦人思夫，意象不類。

034 匏有苦葉

古序曰：《匏有苦葉》，刺衛宣公也。毛公曰：公與夫人並爲淫亂。

説曰：朱子謂是詩，未見其爲刺宣公夫人。然亦何知其不爲刺宣公夫人也？《序》有所受之。以匏比者，匏剖爲瓢，有配合義，昏禮合巹用匏，故以比男女之合。匏未剖，可佩以渡水。匏之渡水，潛行者用之，非利涉之正禮也，故以比男女之私。匏尚有葉，無作合之具。水深，比防閑之嚴。雉雊善淫，鴈飛有序，匏以行險，舟以利涉，各有取義也。

035 谷風

古序曰：《谷風》，刺夫婦失道也。毛公曰：衛人化其上，淫于新昏，而棄其舊室，夫婦離絶，國俗傷敗焉。

説曰：谷風，東風也。東爲君方，君子之德，風也。習習，不斷也。谷之言俗也，俗成于習。谷風習而成陰雨，君德習而成民俗，故以爲比。朱子謂詩中不見化其上之意，改爲棄婦自作，非也。風人美刺，鮮有直陳者。設以身處其人之地，代爲其人之言，心曲隱微，皆肖其人，所以爲妙，于性情而可風也。若謂棄婦自作，微婉之致，全失矣。

036 式微

古序曰：《式微》，黎侯寓于衛，其臣勸以歸也。

說曰：朱子疑詩中無黎侯字，以爲鑿空。愚謂，有黎侯字，不成詩矣。

037 旄丘

古序曰：《旄丘》，責衛伯也。毛公曰：狄人迫逐黎侯，黎侯寓于衛。衛不能脩方伯連率之職，黎之臣子，以責於衛也。

說曰：朱子謂《序》見詩有「伯兮」二字，遂以爲責衛伯，非也。蓋衛之先，本牧伯也。武王封康叔，《誥》曰：「外事汝陳時臬司，師茲殷罰有倫。」此衛爲伯之始也。司馬遷作《世家》，衛自頃侯以前，七世皆稱伯。黎侯以狄難來告，正望其脩先業也。故曰與、曰同，皆連率之事。以旄丘葛比者，前高後下曰旄丘。丘之不斷截者也，葛亦不斷之物，俗稱狐疑爲葛藤，毛遂云：「從之利害，兩言而決。日出而言，日中不決」，即此意也。《朱傳》謂久寓于衛，時物變而登丘見葛以起興，豈其然？豈其然？〇《旄丘》之怨，從容不迫。雖當流離之秋，觖望之至，而其言委蛇有序。篇終乃曰「褎如充耳」，諷刺微婉，氣象從容。《詩》所以爲性情之道而善于言也。

038 簡兮

古序曰：《簡兮》，刺不用賢也。毛公曰：衛之賢者，仕於伶官，皆可以承事王者也。

說曰：朱子改爲「賢者自作，不得志而仕於伶官，有輕世肆志之心，若自譽而實自嘲也。」夫輕世肆志，豈風人之度？譽而自嘲，則詼諧耳，《六經》無此體。求其人而不得，遂以爲賢者自作。又疑碩人、美人爲自誇，遂以美人爲君，以碩人爲自譽自嘲，其實非也。《序》云「刺不用賢」，蓋當時有賢人不見用，仕爲伶官者，詩人刺其不用賢者，則衛君之咎也。

039 泉水

古序曰：《泉水》，衛女思歸也。毛公曰：嫁於諸侯，父母終，思歸寧而不得，故作是詩以自見也。

040 北門

古序曰：《北門》，刺仕不得志也。毛公曰：言衛之忠臣，不得其志爾。

說曰：朱子改爲「賢者不得其志，因出北門而賦以自比」，非也。夫出自北門，如「陟彼北山」「出其東門」之類。北門背陽，以比昏主。凡刺多比北，美多比南。以爲實然，則固矣。詩人託爲仕者之怨，以刺時耳，非必仕者自言也。

041 北風

古序曰：《北風》，刺虐也。毛公曰：衛國並爲威虐，百姓不親，莫不相攜持而去焉。

說曰：朱子謂衛以淫亂亡國，未聞有威虐者。夫亡國之君，誰不威虐？即州吁弑君，宣公殺子，孰有如其威虐者？而謂未聞，非也。

042 静女

古序曰：《静女》，刺時也。毛公曰：衛君無道，夫人無德。

說曰：君無道，故外無防閑；夫人無德，故内多醜行。詩人不欲直斥，因借淫者期會贈貽，而諷之以正，賢賢易色之意也。静女，謂貞静之女。首章刺其君壞防，故以城隅比。城四隅有敵臺，最高峻。《大雅》曰：「哲夫成城，哲婦傾城。」城者，内外之閑，禮義之比也。國君以禮厚防，誰敢踰之？所以爲搔首踟躕也。二章刺其夫人無恥。古后妃夫人有女史載彤管記過，故動無非禮。《小雅》曰：「既立之監，或佐之史。彼醉不臧，不醉反恥。」所以樂古人有彤管也。三章詩人自比，猶《鄭風》之言「縞衣綦巾」也。郊外曰牧。茅秀曰荑，賤而潔白，比編氓之婦守禮，人皆美之，況爲上者乎？諷刺微婉緼籍，所謂主文而譎諫、言之者無罪也。朱子改爲淫奔之詩，意索然矣。

043 新臺

古序曰：《新臺》，刺衛宣公也。毛公曰：納伋之妻，作新臺于河上而要之。國人惡之，而作是詩也。

044 二子乘舟

古序曰：《二子乘舟》，思伋、壽也。毛公曰：衛宣公之二子，争相爲死，國人傷而思之，作是詩也。

説曰：誦《衛風》，至《新臺》《二子》，天理民彝，斬然盡矣。狄人乘之，國遂以亡。其禍皆始于幃薄之間。《詩》首《二南》，繼之以《邶》，法戒豈不章明哉。

鄘

045 柏舟

古序曰：《柏舟》，共姜自誓也。毛公曰：衛世子共伯蚤死，其妻守義，父母欲奪而嫁之，誓而弗許，故作是詩以絶之。

説曰：共姜未嫁，而共伯先死矣。男子冠而後娶，女子笄而後嫁。詩稱兩髦，則共伯尚未冠，而共姜尚未笄也。髦，毛同，髮也。散之曰髮，結之曰髦。古者幼學稱髦士，猶今之垂髫也。兩髦，丱也。分髮作雙髻曰丱，俗云丫髻，童子之飾，《齊風·甫田》「總角丱兮」是也。共伯以總角亡，故《序》曰蚤死。父母，共姜之父母。共姜在室，父母欲以別嫁，亦人情也。蓋女子既嫁，夫死守節，常禮也。未嫁而誓死，人情所難。故《鄘風》首録之。漢儒解兩髦爲翦髮夾囟，子事父母之飾。按，《禮》言髦多矣，其皆翦髮夾囟者邪？《禮經》具在，未聞子事父母而翦髮者。詩獨言母，女子之嫁，母命之也。

046 牆有茨

古序曰：《牆有茨》，衛人刺其上也。毛公曰：公子頑通乎君母，國人疾之，而不可道也。

説曰：公子[一]頑，宣公之長庶伯昭，伋之兄也。宣公卒，惠公朔立而幼。伯昭烝于朔母宣姜，故詩人以牆茨爲比。茅蓋牆曰茨。牆以蔽内，覆之以茨，揜蓋之比，惡之深而思爲揜蓋，忠厚之至也。

047 君子偕老

古序曰：《君子偕老》，刺衛夫人也。毛公曰：夫人淫亂，失事君子之道，故陳人君之德，服飾之盛，宜與君子偕老也。

説曰：此詩本刺，而但亟稱其服飾容貌，所以寓誨淫之意。首言「君子偕老」，諷以義也。姜之不能偕老甚矣。次章云玼兮，玼之言泚也，猶「新臺有泚」之泚，汗顔也。三章云瑳兮，笑而見齒曰瑳，猶《竹竿》云「巧笑之瑳」，可笑也。皆諷刺之微辭。

048 桑中

古序曰：《桑中》，刺奔也。毛公曰：衛之公室淫亂，男女相奔，至於世族在位，相

[一] 公子，原爲君子，據《毛詩原解》改。

竊妻妾，期於幽遠，政散民流而不可止。

說曰：朱子改爲淫者自作，非也。淫者犯禮法，竊人妻妾，惟恐人知。詩人表暴其事，指其所竊之女，與其期會迎送之地。事本幽曖，而踪跡昭彰，所謂如見肺肝也。沫鄉，衛朝歌故地，紂所都也。周公作《酒誥》稱云妹邦，又稱妹土。變沬言妹者，妹，少女也，淫昏之名。《易·歸妹》「天地不交，萬物不興」「君子以永終知敝」，妹之象也。唐，菟絲也，無根而附于物，苟合之象。唐言宕也，荒淫曰宕。麥秋不收，冬不藏，三時在外，謂之宿麥，有奔之象。百物未長而先秋，有淫之象。葑，蔓菁也。義取下體，賤其褻也。葑，言風也，馬牛通淫曰風。孟姜，指淫婦。弋，言引也。庸，言賤也。皆微辭，所以爲刺。

049 鶉之奔奔

古序曰：《鶉之奔奔》，刺衛宣姜也。毛公曰：衛人以爲宣姜鶉鵲之不若也。

說曰：《衛風》至此，人道盡矣。不再造，不可以國，故繼以《定之方中》。

050 定之方中

古序曰：《定之方中》，美衛文公也。毛公曰：衛爲狄所滅，東徙渡河，野處漕邑。

齊桓公攘戎狄而封之。文公徙居楚丘，始建城市而營宫室，得其時制，百姓説之，國家殷富焉。

051 蝃蝀

古序曰：《蝃蝀》，止奔也。毛公曰：衛文公能以道化其民，淫奔之耻，國人不齒也。

説曰：此詩朱子以爲刺，《序》以爲止奔。女子有行，不知命，皆止之辭。

052 相鼠

古序曰：《相鼠》，刺無禮也。毛公曰：衛文公能正其羣臣，而刺在位承先君之化，無禮儀也。

説曰：刺羣臣無禮，而託詠于相鼠，何也？喻相人也。鼠之附人不可除，而貪盜爲人所共棄。故生而無爲于世者，惟鼠；人欲其速死，無所俟者，亦惟鼠，故以爲戒。相鼠，相視死鼠也。或云：相鼠，拱鼠也。《關尹子》云：「聖人師拱鼠而制禮」。陸機云：「河東有大鼠，能人立，交前二足于頸上，跳舞善鳴」。韓愈詩有云：「禮鼠拱而立」，即此鼠也。二説未知孰是。

053 干旄

古序曰：《干旄》，美好善也。毛公曰：衛文公臣子多好善，賢者樂告以善道也。

說曰：詩美好善，而但言車旗，何也？衛自中衰，國運萎矣。諸大夫艱難再造，改圖脩省，以志于善，是以文物一新。夫國非善之難，而惟無好善人之患，《書》所以貴于一个臣也。十室之邑，必有忠信，浚邑豈乏姝子？而干旄在郊，則自此大夫始也。詩人不貴有姝子，而貴有此大夫。故盛稱其車旗，所謂見羽旄之美，聞車馬之音，欣欣有喜色者也。篇末更屬望姝子，則大夫益增重矣。《詩》所以善占頌也。

054 載馳

古序曰：《載馳》，許穆夫人作也。毛公曰：閔其宗國顛覆，自傷不能救也。衛懿公爲狄人所滅，國人分散，露於漕邑。許穆夫人閔衛之亡，傷許之小，力不能救，思歸唁其兄，又義不得，故賦是詩也。

說曰：朱子改謂「許穆夫人將歸衛，而許大夫有來止之者，夫人憂之，作此詩。」蓋據首章爲實事，非也。若使夫人果啓行，許大夫果跋涉來追，則詩中登山采蝱，行野踏麥，皆實事矣。豈比興之義？然則云大夫跋涉，何也？《禮》：諸侯夫人，父母終，無歸寧，惟使大夫問于兄弟。所謂跋涉之大夫也。據禮託言，非真有既行追留之事。蓋衛之亡也，許以昏姻，力不能救，亦當爲請于大國。而許人坐視，無一介之遣，夫人所以憂也。三章言采蝱。蝱，貝母也，爲女子遠父母之喻。四章言麥。麥宿于外，爲女子適他邦之喻。諷許君，而但斥大夫與國人。云不如我所之，隱然恨許國衆人，無一男子耳。慷慨有士氣，故序曰許穆夫人作，貴之也。

衛

055 淇奥

古序曰：《淇奥》，美武公之德也。毛公曰：有文章，又能聽其規諫，以禮自防，故能入相于周，美而作是詩也。

説曰：緑竹，菉草也，《禮記・大學》引此詩作「菉竹」，《小雅》云「終朝采緑」，草似竹而澀礪，一名木賊。可以攬洗垢膩，磨盪器具，故比切磋琢磨也。朱子謂淇水多竹，漢世猶然，所謂淇園之竹。《漢志》「武帝塞瓠子，下淇園之竹爲揵。」《寇恂傳〔一〕》「伐淇園之竹爲矢。」此皆誤于《緑竹》之文，附會過耳。竹性宜濕，産于南土，《禹貢》「竹材矢笴，取諸荆揚」；北地高燥，故豫貢無竹材。世稱渭水淇園，以希貴見稱，非其土産也。凡傳註訛久即真，多此類。朱子于《竹竿》之詩，亦以竹爲衛物，恐未然也。

056 考槃

古序曰：《考槃》，刺莊公也。毛公曰：不能繼先公之業，使賢者退而窮處。

説曰：此詩但道賢者巖居岑寂，而莊公不能用賢之失自見。朱子改爲「美賢者隱處澗谷」，非也。賢者隱處澗谷，至于獨寐獨寤獨言，寂寞無與語，是誰之咎？所以爲刺也。

057 碩人

古序曰：《碩人》，閔莊姜也。毛公曰：莊公惑於嬖妾，使驕上僭。莊姜賢而不答，終以無子，國人閔而憂之。

説曰：此詩本爲閔莊姜作，無一語道其憂閔之情，與莊公不答之事，但極稱夫人族

〔一〕傳，原文無，據《毛詩原解》補。

類之貴，容貌之美，來嫁之儀，及齊國之富。秖就恆情易曉者開譬，而莊姜之賢，不足爲昏主道也。意婉而辭厚，所以善于諷刺。首言自齊來嫁，三章乃抵衛。褧衣即景衣也。《士昏禮》：女登車，姆爲加景，乃驅。《鄭》之《丰》亦曰「衣錦褧衣，裳錦褧裳」，是也。

058 氓

古序曰：《氓》，刺時也。毛公曰：宣公之時，禮義消亡，淫風大行，男女無别，遂相奔誘。華落色衰，復相棄背。或乃困而自悔，喪其妃耦，故序其事以風焉。美反正，刺淫泆也。

説曰：朱子改爲「淫婦爲人所棄，自序而作」，非也。風人美刺微婉，而刺尤鮮有直者。惟二雅端慤，有之；若民間謳歌，較臣子忠諫之情自寬。如必直斥某人某事善而後爲美，某人某事惡而後爲刺，亦不達于風人之志矣。此篇本刺，無一語譏詆，但代棄婦自言，而風旨棱然。不覺此詩之爲刺者，無羞惡之心者也。故毛公曰：「美反正，刺淫泆。」今以爲棄婦自作，豈肯詳道其醜如此？即使自道，有何風旨，而聖人録之？氓蚩貿絲，覺悟之辭也。無知曰氓。蚩蚩，無知貌。男本狡猾，貌爲忠實，以欺婦人耳。昏姻之道，男下于女。布絲皆女功，布賤絲貴，以絲易布，女子自賤之比也。三四章言桑者，喪也，失節之比。因首章貿絲及之，至是始覺男子之狡耳。此婦人先合後奔，終乃見棄者也。

059 竹竿

古序曰：《竹竿》，衛女思歸也。毛公曰：適異國而不見答，思而能以禮者也。

說曰：朱子謂是詩未見不見答之意，遂改爲思歸寧不得而作，非也。使直言不見答，則怨矣。不見答而憂，憂而不直，所以爲厚。女子不得其夫，其情良苦，而其言紓緩，不激不露，但末繫一憂字。而所憂之事，室家相違之情，皆寓于比。釣用絲，比夫婦相屬也。身在他國，遠思釣淇。淇雖有魚，釣豈能及，比夫婦不相維繫也。泉源淇水，本同一地，或左或右，比室家相違也。獨笑獨行，無儔侶也。滺滺之水，與盈涸者異；檜松之木，與早彫者異，比人不如物也。其義微婉，三復可知。豈必悲傷泣涕，然後信其爲不見答乎！

060 芄蘭

古序曰：《芄蘭》，刺惠公也。毛公曰：驕而無禮，大夫刺之。

説曰：按，《春秋傳》云：惠公之即位也，少。芄蘭草柔，以比童稚。《禮》：國君年十二以上治事成人，與庶人童子異。然有成人之度，乃稱成人之服。若驕蹇放肆，猶之童子而已。朱子謂此詩不可考，當闕。夫衛惠公之爲童子，非不可考也；而謂當闕，則《三百篇》之著姓名者無之。

061 河廣

古序曰：《河廣》，宋襄公母歸於衛，思而不止，故作是詩也。

説曰：按，此詩作于衛未遷國之先，宋襄公爲世子時也。衛都朝歌，在河北；宋都睢陽，在河南。至戴公避狄難渡河，文公營楚丘，則衛、宋皆在河南，而襄公始爲諸侯耳。按此詩，慈母念子，不爲不切，而不可則止之義，隱然言外。詩之婉而不盡類此。彼説《詩》者，必欲直言而後信，何與？

062 伯兮

古序曰：《伯兮》，刺時也。毛公曰：言君子行役，爲王前驅，過時而不反焉。

説曰：朱子改爲「婦人以夫久從征役而作」，非也。詩人託閨怨以刺時，猶《擊鼓》

《雄雉》之類，非必婦人自作也。首章謂以邦桀執殳，其刺曉然。

063 有狐

古序曰：《有狐》，刺時也。毛公曰：衛之男女失時，喪其妃耦焉。古者國有凶荒，則殺禮而多昏，會男女之無夫家者，所以育人民也。

說曰：朱子改爲「寡婦見鰥夫欲嫁之而作」，真以此詩爲二人偶語，非也。當世或有所指，亦不必遂爲寡婦自作也。未有心欲嫁其人，而又訾之以爲狐者。狐，妖物也，以爲比，明是刺語。

064 木瓜

古序曰：《木瓜》，美齊桓公也。毛公曰：衛國有狄人之敗，出處於漕，齊桓公救而封之，遺之車馬器服焉。衛人思之，欲厚報之，而作是詩也。

說曰：此詩蓋作于齊桓公既死之後，衛文公忘齊人再造之恩，乘五子之亂而伐其喪，故詩人追思桓公，諷衛人之背德也。夫子作《春秋》，諸侯未有書名者。衛文公滅邢書名，删《詩》存《木瓜》，惡不仁也。桓公率諸侯城衛，遺之車服六畜，繫馬三百，所投良厚。詩言瓜李者，見往來之禮。薄施猶厚報，況如齊者。衛無以報，奈何身死而遂伐之？事辭甚明。朱子改爲男女贈答之辭，所謂好成古人之惡者也。儻謂序説無據，男女贈答，又何據乎？

王

説曰：王，王城也，周之東都，今河南府是也。初，文、武都豐、鎬，爲西周。成王東營洛邑，奠九鼎，以時朝會，而王仍居西京。至幽王嬖褒姒，黜申后，太子宜臼奔申，申侯率犬戎弑幽王，西京遂亡。晋文侯、鄭武公共立宜臼于東都，是爲平王。號令不行，地方僅六百里，無以異于列國。故東都之詩，謂之《王風》。其以次衛，何也？衛與東都，皆殷墟也。紂亡于前，幽、厲踵于後。故以東周繼衛。

065 黍離

古序曰：《黍離》，閔宗周也。毛公曰：周大夫行役，至于宗周，過故宗廟，宫室盡爲禾黍。閔周室之顛覆，彷徨不忍去，而作是詩也。

066 君子于役

古序曰：《君子于役》，刺平王也。毛公曰：君子行役無期度，大夫思其危難以風焉。

說曰：朱子改爲「行役大夫之室家，思念而作」，非也。詩稱畜産，即「匪兕匪虎」之意，刺平王不以人道使人也。思夫而詠及牛羊雞棲，自是尋常耕牧之家，不似大夫妻。若泥君子之稱，僚友相呼亦然，豈獨婦人得稱其夫乎？此詩人託諷，非必婦人自作也。

067 君子陽陽

古序曰：《君子陽陽》，閔周也。毛公曰：君子遭亂，相招爲禄仕，全身遠害而已。

說曰：此詩猶《衛風》之《簡兮》，士不得大用，并求爲抱關擊柝而亦不可得。溷跡優人，且陽陽自以爲樂。豈非世亂時艱，居高位者爲難免乎？故《序》曰全身遠害，而周室之衰頹可知已。王者詔爵禄，馭富貴。士生王國，厄窮若此，詩人所以閔之。朱子改爲婦人美其夫，則辭旨淺陋甚矣；又謂即前篇君子之婦，尤爲迂闊。王國行役，未必止前篇君子；而婦人思夫，未必止前篇君子之妻。何據而知此兩篇并出一手也？

068 揚之水

古序曰：《揚之水》，刺平王也。毛公曰：不撫其民，而遠屯戍于母家，周人怨思焉。

説曰：王室有難，諸侯之師戍之；侯國有難，方伯連率救之。天子制命者也，未有徹畿内之兵，下戍侯國者也。申侯召犬戎弑幽王，滅宗周，窮凶極惡，法所必討。申有楚難，平王反遣畿内民爲之戍。懷立己之恩，而忘殺父之讐，天理民彝泯矣。詩人不忍直斥，但託揚之水以刺其衰微。蓋是時周室播遷，非有餘勇可賈，特以受人施者畏人，欲不爲之役，不可得耳。寄生之天子，既不能令；六百里之甸卒，無人踐更，故行者有不均之歎。然必責六師同行，雖盡發洛邑之老稚，亦不足矣。力本寡弱，而使人又不以道，所以怨之。苟師出有名，討賊興復，如夏少康，一成一旅，人誰敢輕視爲揚之水哉？夫子删《詩》存此篇，删《書》録文侯之命，其作《春秋》託始平王，垂戒遠矣。薪，辛也。楚，愁也。蒲，逋也。民辛苦愁思逋逃，故以爲比。

069 中谷有蓷

古序曰：《中谷有蓷》，閔周也。毛公曰：夫婦日以衰薄，凶年饑饉，室家相棄爾。

說曰：朱子改爲「婦人自述其悲怨之辭」，非也。凶年饑歲，夫婦不相保，婦見棄而不忍去，詩人傷之。故其辭曰「有女仳離」，安在其爲婦人自作也？中谷，溝中也。蓷之言推也，推而納之溝中，寓言夫棄婦也。蓷草耐旱，一名充蔚，一名益母。充裕益母，寓言富歲多賴，今歲凶多暴也。

070 兔爰

古序曰：《兔爰》，閔周也。毛公曰：桓王失信，諸侯背叛，構怨連禍，王師傷敗，君子不樂其生焉。

說曰：鄭莊公爲桓王卿士，王奪之政。鄭伯不朝，王伐之。鄭伯敗王師，射王中肩，天下遂以輕周。故詩人閔之。朱子改爲「君子泛然憂亂而作」，非也。兔走雉飛，上下之比。走者自得，飛者被羅，比王師敗績于鄭也。兔言毒也，雉言癡也。鄭伯，寤生也。反復詠歎我生，寐而無寤，寓鄭伯倡亂，五霸作而王綱墜。詩人之志，與《春秋》之義同也。蓋鄭莊公敗王師于繻葛，此霸者無王之始。自是以後，桓、文迭興，諸侯相攻，而天下大亂。故曰：「我生之後，尚無爲」「我生之後，逢此百憂」。王跡熄于五霸，《春秋》作于

《詩》亡，正以此也。後儒言《春秋》獎五霸，失《兔爰》之意矣。

071 葛藟

古序曰：《葛藟》，王族刺平王也。毛公曰：周室道衰，棄其九族焉。

說曰：朱子改爲「民去鄉里家族，而流離失所者自作」，蓋誤解「謂他人父」爲「稱他人爲父」，非也。詩以葛藟比兄弟綢繆。葛藟生于山，不生于河；水在河，不在山，以比兄弟望潤澤而不得也。兄弟相親，以父母同也。不顧兄弟，是不顧父母，謂他人爲父母也。不直斥其薄，而諷之以二本，所謂怨而不怒也。如朱說流民適異國，呼他人爲父母，則文義鹵莽甚矣。

072 采葛

古序曰：《采葛》，懼讒也。

說曰：朱子改爲「淫奔者託以行，指其人而思念之」，非也。一日三秋，韓愈所謂「日隔之疎，加以忌者」之說也。若以爲閨思，是委巷之言也。讒口傷人，每乘其間隔。故曰：「一日不朝，其間容刀。」君臣相與，近則親而遠則疎。君子日在君側，精誠可以直通，羣小有所畏而不敢。小人譖君子，必伺其間隔。蓋君子易退而難進，是以孟軻致主，憂十寒于退後；趙高竊秦，使二世深居，人不得見，而後馬鹿之計行；霍光出沐，而後上官之譖入。自古小人排君子，權奸欺庸君，未有不始于離間，而終于陷害者。詩人憂一日不見，其慮深矣。《詩》可以觀，殆是類與！如以爲淫奔之辭，失之千里。

073 大車

古序曰：《大車》，刺周大夫也。毛公曰：禮義陵遲，男女淫奔，故陳古以刺，今大夫不能聽男女之訟焉。

說曰：朱子改謂「周衰大夫，有能以刑政治其私邑者，故淫奔者畏而歌之」，非也。當時若實有此大夫，則此詩之作，爲無謂矣。謂爲刺之，而非惡也；謂爲美之，而非賢也，奚取而歌焉？子云：「聲色之於以化民，末也。」「聽訟吾猶人也，必也使無訟。」聞車聲而恐，見服色而懼。古之大夫，猶能聽訟；今之大夫，聽訟未能，是以爲刺。

074 丘中有麻

古序曰：《丘中有麻》，思賢也。毛公曰：莊王不明，賢人放逐，國人思之而作是

詩也。

説曰：朱子改爲「婦人望其所與私者不來而疑之」，據詩中「留」字解，非也。按，留，人姓也。古者因土錫姓。中州有陳留，漢有留侯，通作劉。晋士會奔秦反，而其子有留秦者，遂爲劉氏。《國策》云：「處者爲劉。」《春秋》周大夫有劉子，即其族也。今加作者穢汙之名，失聖人删定之旨。謂《序》説無據，朱又何據？謂國人思賢望其來，則悠然可風；謂婦人思男子，疑有留之者，則醜惡而不可道矣。

毛詩序説卷之二終

毛詩序説卷之三

鄭

説曰：鄭本西周畿内之邑，即今陝西西安府華州，宣王以封其弟友爲鄭桓公。桓公爲幽王司徒，死于犬戎之難。其子掘突嗣爲武公，與晉文侯定平王于東都，亦爲司徒。遂併虢、鄶之地，施舊名于新邑，是爲新鄭，即今河南開封府新鄭縣，亦畿内之國也。周室東遷，鄭爲輔；諸侯無王，鄭爲先；五霸迭興，鄭爲首，故《鄭風》次《王》。

075 緇衣

古序曰：《緇衣》，美武公也。毛公曰：父子并爲周司徒，善於其職，國人宜之，故美其德，以明有國、善善之功焉。

説曰：鄭武公以諸侯入爲天子大夫，繼父職，世濟其美，故曰善善，言以善繼善也。《禮》：大夫祭服爵弁，絲衣，色纁；朝服皮弁，布衣，色緇。故以緇衣比，蓋上之取于下也。有布縷爲衣裳，有力役爲宫室，有粟米爲禄食。上仁而下樂輸，則三者皆民之情也；下不樂而上誅求，則三者皆民之怨也。武公善其職，故詩託言衣、與館、與粲，見民力所自竭于上者惟此。而情誼不勝慇懃矣，故曰：好善莫如《緇衣》。

076 將仲子

古序曰：《將仲子》，刺莊公也。毛公曰：不勝其母，以害其弟。弟叔失道，而公弗制，祭仲諫而公弗聽，小不忍以致大亂焉。

説曰：朱子改爲淫奔之辭，非也。詩寓言莊公逆母殺弟之事，詳《春秋傳》。蓋莊公殺段之心，切于祭仲。仲欲早圖，而公欲養成。故詩人因祭仲之諫，托爲莊公拒仲之辭。仲子，即祭仲也。畏父母諸兄國人云者，借莊公之口以誅其心。辭若寬而心甚險。千載之下，讀之如見肺肝。《詩》所以善于諷也。若朱子言《詩》，必睚眦怒罵而後謂之刺；少涉情致，即斥爲淫奔矣。杞木高，桑木韌，檀木堅，以比公室强，而段無能爲也。

077 叔于田

古序曰：《叔于田》，刺莊公也。毛公曰：叔處于京，繕甲治兵，以出于田，國人説而歸之。

說曰：毛公申言古序所以刺莊公之故。朱子因謂國人愛段而作，非也。莊公縱弟遊蕩，比昵羣小，無賢父兄之教，以陷于大逆。《春秋傳》所謂鄭志也。詩若美段，而志在諷公。但極道其于田飲酒服馬，而公之棄其弟可知。如以爲國人美段，意索然矣。

078 大叔于田

古序曰：《大叔于田》，刺莊公也。毛公曰：叔多才而好勇，不義而得衆也。

說曰：朱子改爲「鄭人愛段而作」，非也。《序》意與前章同，刺莊公無中才之教，陷其弟于惡也。夫温文恭儉，人主之美節也。射獵馳騁，狎邪之游行也。段爲君之母弟，夫人愛子，而無師保之訓，使與羣小田獵飲酒，身親搏獸，控弦馳馬，以爲能事，此何待鄢之役，而知其有將崩之患矣？二詩亟道段材藝武勇，繕甲治兵，不軌之志，隱然言外。莊公逆知其然，而有意養成之，所以不仁也。夫子删《詩》存此，戒人君父兄于子弟，愛之不能勿勞耳。若謂鄭人美段而作，何足以風。凡《詩》諷刺，不在多言。前章言巷，與市井羣小狎可知。此章言襢裼暴虎，粗豪不檢可知。二篇皆《叔于田》。此名大者，前短章，此大篇也。亦以段稱大叔故云。

079 清人

古序曰：《清人》，刺文公也。毛公曰：高克好利而不顧其君，文公惡而欲遠之不能。使高克將兵，而禦狄于竟，陳其師旅，翱翔河上。久而不召，衆散而歸，高克奔陳。公子素惡高克，進之不以禮；文公退之不以道，危國亡師之本，故作是詩也。

說曰：按軍旅，國之大命。人臣有罪不能伸法，而以三軍之重，羈勒一罪人。苟擁衆作亂，則危其國；率衆出奔，則喪其師。公子素所以惡之而作是詩也。《春秋》書「鄭棄其師」，與《詩》録《清人》之義正同。清，河上邑名。彭、消、軸，不必皆有是地。彭，盤通，樂也；消，散也；軸，旋也，皆遊嬉之名。詩者，聲音之道，諧聲以爲比也。

080 羔裘

古序曰：《羔裘》，刺朝也。毛公曰：言古之君子，以風其朝焉。

說曰：此詩刺大夫立朝不稱其服，而朱子改爲美大夫，蓋誤以「彼其之子」爲美辭。按詩稱「彼其」者，皆刺之，《王風·揚之水》《衛風·汾沮洳》《唐風·椒聊》《曹風·侯人》。此則託古以諷今，稱賢人以刺不賢人也。言古賢者德稱服，彼其之子不然耳。

081 遵大路

古序曰：《遵大路》，思君子也。毛公曰：莊公失道，君子去之，國人思望[一]焉。

說曰：按，鄭莊公射王幽母，身蒙大惡。左右用事，惟祭仲、祝聃、高渠彌之徒，宜君子相率而去也。國人追思桓、武之烈，援而止之，欲其不以今惡棄舊好，念先德而惠顧嗣君也。遵大路者，以比率君子之道，願留受教也。其志本正，其語音好濫，朱子因改爲男女相悅之辭，蓋據《論語》「鄭聲淫」以槩《鄭風》諸詩，誤也。夫所謂淫者，鄭之聲耳。聲與詩有辨：詩，志也；聲，辭也。孟子云「說《詩》者，不以辭害志」，是詩志本思君子，而辭似婦人語，豈可泥辭而改爲淫詩乎？《朱傳》未當，然適足以明鄭聲之爲淫耳。初學諷誦，焉能無惑！故君子立言崇雅，聖人發無邪之旨，嚴放鄭之戒，有以也。其志本正，而

[一]「思望」，原爲「望思」，據《毛詩正義》改。

其辭關理亂，烏容廢之，所以放鄭聲而不删《鄭詩》也。

082 女曰雞鳴

古序曰：《女曰[一]雞鳴》，刺不説德也。毛公曰：陳古義以刺今不説德而好色也。

説曰：朱子改爲「述賢夫婦相警戒之辭」，非也。首二章，自「士曰」以下，爲夫語婦。身勤職業，親賓客，保室家，不以宴安爲樂也。末一章爲婦答夫。相其夫，親賢取友，尤不以射弋飲酒爲樂也。古之賢夫婦，交儆如此，今人不然，所以爲刺。蓋先有賢夫，而後有賢婦。士身行道，而後行于妻子。女曰雞鳴，不過告以寢興之常期。而士曰昧旦，則憂其晚矣。士之志尤敏于女也。射獵在男子，中饋在婦人。士能勤業，故以中饋戒女。士不説色而好德，故女損服飾以相夫。有《卷耳》進賢之志，不獨中饋之脩耳。惟有文王，而後有后妃；有昧旦之士，而後有《雞鳴》之女。序曰刺不悦德，刺男子也。

[一] 原闕「女曰」，據《毛詩正義》補。

083 有女同車

古序曰：《有女同車》，刺忽也。毛公曰：鄭人刺忽之不昏于齊。太子忽嘗有功于齊，齊侯請妻之。齊女賢而不取，卒以無大國之助，至于見逐，故國人刺之。

說曰：朱子改爲淫奔之詩，謂忽辭昏非惡，見逐無罪，國人無爲刺之。非也。國人正以忽無罪見逐，而哭以大國之助奪嫡。苟忽有助，何至于此？國人爲忽黨者之見耳，未暇論昏之當辭與不當辭也，豈得遂改爲淫詩乎！

084 山有扶蘇

古序曰：《山有扶蘇》，刺忽也。毛公曰：所美非美然。

說曰：刺忽之所謂君子者，非君子也。朱子改爲「淫女戲其所私」，非也。扶蘇、橋松，喻君子之孤危。荷華、游龍，喻小人之榮寵也。詩人傷國事之非，而恨世子之不可輔，故爲子都、狂童之比。

085 蘀兮

古序曰：《蘀兮》，刺忽也。毛公曰：君弱臣强，不倡而和也。

説曰：朱子改爲淫女之辭，非也。誦其詩，淒然有歲寒摇落之感。是時忽初立，外無重援，内無良輔。國人憂孤危，而勉其寮友與共濟。所謂倡和云者，未知何事。味其辭，似有去志矣，所以忽終于不振也。

086 狡童

古序曰：《狡童》，刺忽也。毛公曰：不能與賢人圖事，權臣擅命也。

説曰：朱子改爲「淫女見絶，而戲其人之辭」，非也。謂忽以世子逐于權臣，無大罪，不宜國人數刺之。余按，鄭忽初即位之事，無所考，但突以庶子能致外援而得國，豈獨祭仲之力？抑亦忽有不滿于諸侯與國人者矣。故《春秋》不稱鄭伯，書名，不成其爲君也，與《詩》刺忽之意正同。朱子疑狡童未可目君，聖人未應與之。余按，刺忽者，多突之黨也。忽以嗣君初立，席未煖而見逐，突黨狎之，無異童子。苟不童而人能攜其有乎？箕子《麥秀之歌》，呼紂亦然。人主使國人呼爲狡童，其爲君可知矣。若以聖人不删爲與之，《詩》宜删不删者多矣。如《唐風·椒聊》《無衣》，皆簒賊之辭也，而録以志戒，豈盡爲與之乎！

087 褰裳

古序曰：《褰裳》，思見正也。毛公曰：狂童恣行，國人思大國之正己也。

說曰：朱子改爲「淫女語其所私者之辭」，非也。蓋鄭突以庶子奪嫡，魯、宋、衛、陳、蔡助之，以入于櫟，而終有鄭國。忽孤立被弑以死。當時爲突黨者，不獨一祭仲可知。此則國人爲突望諸侯之辭也。人情險巇如此。聖人存之，以見垂統者，貽謀爲先；繼世者，人心爲本。鄭初有叔段，後有子突，皆背公植黨，羽翼成而禍延累世。爲有國者殷鑒甚明。不深惟其旨，而槩斥爲淫奔。其可乎？其可乎？○按，《鄭風》如《蘀兮》《狡童》《褰裳》諸篇，本慷慨傷時，然皆似婦人艷語，所謂鄭聲好濫淫志者此也。故曰詩言志，不以辭害志。如以辭而已，鄭詩孰不可爲淫奔乎？《朱傳》所以偏執成謬也。

088 丰

古序曰：《丰》，刺亂也。毛公曰：昏姻之道缺，陽倡而陰不和，男行而女不隨。

說曰：朱子改爲「婦人與男子失期，悔而作」，非也。蓋昏禮不明，壻親迎而婦不行，後悔而望其復來，女之有二志者也，故詩人託言刺之。《禮・坊記》：「壻親迎見于舅姑，舅姑承女，以授壻，恐事之違也。」以此坊民，婦猶有不至者，即此類也。如謂與男子失期，是私奔也。豈有私奔其人，而盛服待車馬者乎？《士昏禮》：「壻親迎，女登車，姆爲加景，乃驅。」景，與褧同。加褧衣于禮衣之上，避道路風塵也。詩援此禮，以諷失禮者。男言容貌，女言服飾，誨淫之意也。《葛覃》歸寧，衣澣濯之衣而已。婦人從一，而言叔伯者，不貞之辭也，所以爲刺也。

089　東門之墠

古序曰：《東門之墠》，刺亂也。毛公曰：男女有不待禮而相奔者也。

説曰：此託爲淫女自言也。東門，城東門，衆所經行也。墠，與壇通，除地曰墠，無防閑之比也。茹藘，茜也，賤之轉也。茹藘之言如驢，禽行之比，指淫夫也。阪，山岡，以比阻隔。東門之栗，生于道旁，人所易探。踐之言淺也，淺家室，易窺也。

090　風雨

古序曰：《風雨》，思君子也。毛公曰：亂世，則思君子不改其度焉。

說曰：朱子謂詩辭輕佻狎暱，非思賢之音，改爲「淫女風雨之時，見所期之人而心悦」，非也。風雨雞鳴，猶歲寒松柏之比也。若夫輕佻狎暱者，鄭之聲也。然其志本思君子，焉得以辭害志？風雨雞鳴，亂世慘黯景象，以爲心悦，亦不倫。

091 子衿

古序曰：《子衿》，刺學校廢也。毛公曰：亂世，則學校不脩焉。

說曰：朱子謂辭意儇薄，施之學校不似，改爲淫奔。非也。若使辭不儇薄，何以爲鄭聲乎？學子青衿，古今皆然。同學少年，往來嗣音，朋徒久要之言也。語意儇薄，《鄭詩》皆然。皆斥爲淫，則舉鄭國君臣、師弟、朋友，莫非淫人，所行莫非淫事，何以爲國？自男女之外，豈遂無詩？夫子何獨盡取淫人淫事，實其所謂「鄭聲淫」之一語？隘且刻矣！且淫詩不删，其所删又何等詩乎？

092 揚之水

古序曰：《揚之水》，閔無臣也。毛公曰：君子閔忽之無忠臣良士，終以死亡，而作是詩也。

説曰：朱子改爲淫者相謂，非也。爲此詩者，鄭之君子，懷忠良之志，而傷忽之微弱也。《國風》凡三《揚之水》，皆微弱之比。一《王風》，比平王微弱，不能令諸侯也；一《唐風》，比晉昭侯微弱，不能制曲沃也；此篇，比鄭昭公微弱，不能制突也。鄭昭公見奪于突，與晉昭侯見奪于沃，其事同，故其比同。莊公之子四人，忽、突、子儀、子亹，皆以兄弟相殘。而忽以伯兄繼世，同父解體，竟死于高渠彌之手。詩所以謂之終鮮兄弟，傷忽之無助也。朱子儻謂其真無兄弟也，而疑其非忽乎哉？

093 出其東門

古序曰：《出其東門》，閔亂也。毛公曰：公子五爭，兵革不息，男女相棄，民人思保其室家焉。

説曰：朱子改爲「人見淫奔之女而作」，非也。恆情窮則反本，安則思淫。鄭當昭、厲之際，干戈不息，人民離散，室家以苟全爲幸。雖有東門之遊女，而無《江漢》之求思，時使之然也。故夫男女之際，人之至情也。世治，則懷春之女，誘于吉士；世亂，則如雲之女，匪伊所思。若使上無教化，則《野有死麕》亦爲淫奔矣；國無亂離，則《出其東門》皆爲義士矣。故誦其詩，當論其世，未可以其辭而已也。

094 野有蔓草

古序曰：《野有蔓草》，思遇時也。毛公曰：君之澤不下流，民窮於兵革，男女失時，思不期而會焉。

說曰：朱子改爲「男女相遇于野田草露之間而作」，非也。果爾，媟穢已甚，聖人奚取焉？即其序，與《溱洧》同云刺亂，何以云思遇時也？蓋鄭國多難，兵革不息，室家流離。借男女邂逅，比君子遇主也。蔓草零露，比君澤下流也。有美一人，比君也。《家語》夫子遇程子，欲贈之，引此詩教子路。豈淫辭，而聖人以之教人乎？《春秋傳》鄭子大叔賦此享趙孟，趙孟曰：「吾子之惠也。」豈淫辭，而大享賦之，趙孟謝之乎？必不然矣。

095 溱洧

古序曰：《溱洧》，刺亂也。毛公曰：兵革不息，男女相棄，淫風大行，莫之能救焉。

說曰：朱子改爲「淫奔者自叙之辭」，非也。蓋詩人暴其事以刺之，如《鄘》之《桑中》云爾。詳述士女相謔，無羞惡之心，所以爲刺。豈必訶斥而後謂之刺歟？

齊

説曰：五霸始鄭，而齊繼之，故次《齊》。蓋魯既升爲《頌》，諸侯無先齊者矣。《齊風》多魯事，魯無風而于《齊》可以觀魯矣，聖人蓋微之。

096 雞鳴

古序曰：《雞鳴》，思賢妃也。毛公曰：哀公荒淫怠慢，故陳賢妃、貞女，夙夜警戒相成之道焉。

説曰：朱子即以爲賢妃之辭，非也。齊自太公五傳，而哀公荒淫，紀侯譖于周懿王，殺而烹之，故齊之「變風」始此。思古刺今也。

097 還

古序曰：《還》，刺荒也。毛公曰：哀公好田獵，從禽獸而無厭。國人化之，遂成風俗。習于田獵謂之賢，閑于馳逐謂之好焉。

説曰：朱子改爲「獵者交錯于道路，相稱譽之辭」，非也。蓋詩人述民間尚勇好勝之習，見化之所從來耳。時雖霸業未興，而功利誇詐，已有其漸矣。

098 著

古序曰：《著》，刺時也。毛公曰：時不親迎也。

說曰：《禮》，惟天子不親迎，諸侯冕而親迎，以下可知也。壻往婦家奠鴈，受女出，升車御輪，乃先歸，俟于大門外。婦至，揖以入。齊俗，壻不親迎，但俟婦于其家。故詩人託爲新婦言，以刺廢禮，而隱約不露，以俟之一字寓意。苟無《序》，不知其所謂矣。

099 東方之日

序曰：《東方之日》，刺衰也。毛公曰：君臣失道，男女淫奔，不能以禮化也。

說曰：朱子改爲「男女淫奔自作」，非也。東方，君方也。日月，比君臣也。男女昬私奔，君臣政教不立，不能明微格姦，防之以禮，所以爲衰也。呼日月，詩人矢志之辭。彼姝者子，指淫女也。在我室，爲淫夫自言，以發其暗昧之私也。履，禮也，禮我而求即也。男女各有正禮，女求男，賤也。稱履，所以賤之。

100 東方未明

古序曰：《東方未明》，刺無節也。毛公曰：朝廷興居無節，號令不時，挈壺氏不能掌其職焉。

説曰：東方，比君也。未明，比君昏也。顛倒衣裳，比政令錯亂也。不必真有未明徵召之事，比其君興居無節，號令不時耳。折柳樊圃，比朝政不如農圃之應節識時也。興居號令，非晨夜者所得司，無所歸咎，不敢斥君而求諸挈壺氏，所謂敢告僕夫云爾也。

101 南山

古序曰：《南山》，刺襄公也。毛公曰：鳥獸之行，淫乎其妹，大夫遇是惡，作詩而去之。

説曰：魯桓公夫人文姜，齊襄公之女弟也。未嫁而襄公私之，既嫁與桓公俱如齊。襄公使人殺桓公于車中，事見《春秋傳》。此詩齊大夫刺襄公也。南山雄狐，比居高而行禽，猶《衛風》之《雄雉》也。亟稱魯道者，闔外通闤，行人共見也。亟稱齊女者，明其非齊婦也。冠、屨，以比有别也。五兩、雙緌，以比亂倫也。首足同體而冠屨異匹，以比同父非配偶也。屨兩而用五，比襄公有婦而亂倫也。冠一而緌雙，比文姜未嫁而有偶。葛以比其薄也。俗云「種麻夫妻同，則易生」，以比娶妻也。斧析薪，有判合之義，以比媒妁也。

102 甫田

古序曰：《甫田》，大夫刺襄公也。毛公曰：無禮義而求大功，不脩德而求諸侯，志大心勞，所以求者非其道也。

說曰：朱子改爲「戒時人厭小務大，忽近圖遠」，是泛無所指也。夫《風》未有無指者。無所指，何以别其爲各國乎？又曰：「未見其爲刺襄公。」夫襄公無禮義，求大功，事見《春秋傳》。即位之四年，師于首止，殺鄭子亹，轘高渠彌。五年遷紀，八年滅紀。九年伐衛，納惠公。十二年降郕。是年冬，遂遇弑。此其求大功，與諸侯之實跡也。何謂未見？末章指淫妹之事，正未冠笄之時也。突弁，指爲君以後。國君皮弁服也。突而弁，比衣冠而禽獸也。犬自穴出曰突。莠，醜也，草名，一名狗尾，與雄狐、盧令，皆匪人之比。甚矣，詩人之惡淫也。

103 盧令

古序曰：《盧令》，刺荒也。毛公曰：襄公好田獵畢弋，而不脩民事，百姓苦之，故陳古以風焉。

說曰：朱子改謂獵者相譽之詩，非也。齊襄公内荒于禽，詩人託田犬爲刺，猶「雄狐」之比，人類而行禽也。或疑不當以禽獸刺君。夫鳥獸草木，詩所取材也，非專刺也。雖關雎、鵲巢、羔羊、鹿鳴，美亦用之。所謂譎諫無罪，正以此耳。美且仁，美其有人之德。仁也者，人也。美，好也。鬈好曰偲，美其有人之貌也。有人之德，則無愧于人之貌；無德而有其貌，走狗而已。

104 敝笱

古序曰：《敝笱》，刺文姜也。毛公曰：齊人惡魯桓公微弱，不能防閑文姜，使至淫亂，爲二國患焉。

說曰：此詩作于桓公遇害之後，故曰爲二國患。朱子改謂刺魯莊公，非也。莊公于文姜，其子也。桓公其夫也。夫爲妻綱，如笱制魚。子之于母，猶曰弗克。夫不能制其妻，則同敝笱耳。故《敝笱》刺夫，《猗嗟》刺子，《序》説各有攸當也。笱，狗也。魴，防也。魚目不閉曰鰥，無妻者不寐亦曰鰥。鱮，一名鱅，首大身小，魚之懦者也，唯唯慫慂之稱。笱之制魚，可入不可出，敝則魚出矣，帷簿不脩之比也。水族多淫，淫義生于水，如雲、如雨、如水，淫泆之比也。

105 載驅

古序曰：《載驅》，齊人刺襄公也。毛公曰：無禮義，故盛其車服，疾驅於通道大都，與文姜淫，播其惡於萬民焉。

說曰：朱子改爲「刺文姜，乘此車來會襄公」，蓋據詩中稱齊子，不及襄公。而稱齊子者，明文姜本齊女耳。國君而會婦人，所以爲刺。此魯桓公死後，《春秋》書會禚、會祝丘之類。君夫人車翟茀，此云簟茀，則襄公之車來會文姜者甚明。亟言魯道行人，諷其無羞惡之心也。

106 猗嗟

古序曰：《猗嗟》，刺魯莊公也。毛公曰：齊人傷魯莊公有威儀技藝，然而不能以禮防閑其母，失子之道，人以爲齊侯之子焉。

說曰：此詩刺魯莊公，故辭較《敝笱》婉，所以爲母及子也。妻淫而責夫，其言易直；母亂而責子，其語難顯。《詩》所以善于言也。每章猗嗟發嘆，歷數莊公之美，而其所不足者自見。人以爲齊侯子者，《春秋》之義也。當世人疑莊公非桓公子也，《春秋》特書所生年月日，以折羣議。故此詩亦云展我甥，明其非我子也，亦微諷之辭。

魏

說曰：魏國未詳所始，後爲晉獻公所滅。以其地賜大夫畢萬，晉始有魏氏。魏、唐之于晉，猶邶、鄘之于衛，其實皆晉風也。五霸，晉繼齊，故《魏》次《齊》。

107 葛屨

古序曰：《葛屨》，刺褊也。毛公曰：魏地陿隘，其民機巧趨利，其君儉嗇褊急，而無德以將之。

說曰：敦厚崇禮者，下之美俗。從容博大者，君之美行也。魏地陿隘，故其民機巧趨利，而俗鮮禮。其君儉嗇褊急，而德不弘。然下之風俗，由于上之表率。君無寬綽之度，則民有纖嗇之風。故詩專刺褊心，《序》説甚明。朱子改爲縫裳之女自作，固矣。

108 汾沮洳

古序曰：《汾沮洳》，刺儉也。毛公曰：其君儉以能勤，刺不得禮也。

説曰：勤儉，美節也。爲人君者，不曠天工以爲勤，不奪民財以爲儉，非勞手足、茹蔬菜之謂也。人主而親細民之事以爲勤儉，則有并耕而治，數米而炊，有如沮洳、采莫之爲者矣。沮洳，泥塗也。沾汙手足以求蔬菜，非大人之事也。居上纖嗇，其狀類此。不必真有采莫、采桑之行，亦不必即是公路、公行之官。朱子改爲刺儉不中禮，則是；而謂刺公路、公行，則拘矣。

109 園有桃

古序曰：《園有桃》，刺時也。毛公曰：大夫憂其君國小而迫，而儉以嗇，不能用其民而無德教，日以侵削，故作是詩也。

説曰：此詩之意，謂國勢褊小，而大國侵陵，使其君勿見小，勿自利，恢弘政教，鼓舞其民而用之，猶可與立。乃硜硜自守，屯膏惜費，以爲貧寡所當然。斗筲之見，何足與建大計乎？故以桃棘爲比。《家語》孔子云：「果屬有六，而桃爲下。」棘似棗而小，叢生，孟子云：「養其樲棘，則爲賤場師。」二物皆果實之賤者，生于園，其實幾何？今欲以桃當肉，以棘當穀，數米而炊之道也。以此用民，望其恢廓，難矣。詩人所以深憂也。○按，此以上三詩，《朱傳》皆以首二句爲興，然所刺之事，即在其中。若以興爲無義，則三詩皆未言儉嗇，以何爲刺？他可類推。

110 陟岵

古序曰：《陟岵》，孝子行役，思念父母也。毛公曰：國迫而數侵削，役乎大國，父母兄弟離散，而作是詩也。

説曰：朱子改爲「孝子行役，不忘其親」，是矣；謂「登山望父母自言」，非也。岵山多草木，以比生我。屺無草木，以比鞠我。岡，領也，以比長我。征夫何暇登臨？孝子思親，何待升眺？託言以寓望鄉之情而已。

111 十畝之間

古序曰：《十畝之間》，刺時也。毛公曰：言其國削小，民無所居焉。

說曰：魏地迫隘，其君褊急，其民纖嗇。加以大國侵削，閭里蕭條，民間愁居迫處，覺生理之日蹙。故詩人託采桑無所以刺之。朱子改爲「賢者不樂仕而歸農圃」，其辭疑似，然其淺深厚薄之味，相違遠矣。讀者自別。

112 伐檀

古序曰：《伐檀》，刺貪也。毛公曰：在位貪鄙，無功而受祿，君子不得進仕爾。

說曰：朱子改爲「美君子之不素餐」，非也。所謂不稼穡而取禾，不狩獵而縣貆，此無功受祿之比。嘆君子之不素餐，所以刺小人也。取禾廛、庭縣貆，皆小人貪鄙之象，絶不似美君子之辭。

113 碩鼠

古序曰：《碩鼠》，刺重斂也。毛公曰：國人刺其君重斂，蠶食於民，不脩其政，貪而畏人，若大鼠也。

說曰：朱子改爲「民困於貪殘之政，託言大鼠害己而去之」，非也。詩人託爲其民之言，以刺其君耳，非民自作也。

唐

114 蟋蟀

古序曰：《蟋蟀》，刺晉僖公也。毛公曰：儉不中禮，故作是詩以閔之，欲其及時以禮自虞樂也。此晉也，而謂之唐，本其風俗，憂深思遠，儉而用禮，乃有堯之遺風焉。

説曰：朱子改爲「民間歲晚行樂之詩」，非也。夫國奢濟之以儉，國儉濟之以禮。晉自僖公之世，俗尚固陋，儉不中禮。以蟋蟀比，諷其終歲廢禮也。蟋蟀十月在堂。周以十一月爲歲首，十月歲畢，是大蜡之時也。終歲禮樂，不止十月，而歲暮猶寥寥，則禮壞樂崩矣。是詩不必即作于十月。一歲之中，朝廷有食饗，宗廟有獻酬，邦國有賓興，鄉射，里有社。食以時，用以禮，烏可以無財廢禮，當時而廢樂也？禮樂，先王所以和上下，調人情。勞身焦思，以天下爲桎梏，是墨道也。故詩人借行樂以廣其儉，而致太康之戒。所謂禮減而能進，樂盈而能反，致中和之道，忠臣弼諧之語也。里巷歌曲，焉得有此？朱子改爲民間歲晚行樂，而以《序》刺僖公爲無據。夫民間行樂，苟無關于政，不足以爲風。「變風」所始，其來舊矣。《孟子》云：「王者迹熄而《詩》亡。」《國風》多幽、厲以前之作。

則「變風」不始于各國中衰之諸侯，而誰始乎？盡斥爲無據，不知又何所據也？

115 山有樞

古序曰：《山有樞》，刺晋昭公也。毛公曰：不能脩道以正其國，有財不能用，有鐘鼓不能以自樂，有朝廷不能洒掃，政荒民散，將以危亡，四鄰謀取其國家而不知，國人作詩以刺之也。

說曰：朱子改爲「答前篇之意，而解其憂」，非也。蓋是時桓叔伐晋之謀已成，而昭公齷齪自守，所謂亡國之日迫以促，詩人故爲放歌以諷之。辭若舒而情實愁慘，氣象危迫，如朝露矣。以爲解《蟋蟀》之憂，豈不迂哉？又謂此詩辭非臣子所施于君父。夫風之作，不知所自起。作者隱其端，而聞者忘其譎，故曰言之者無罪。若論臣子施于君父，何但辭不可据，即刺又豈可乎？蓋人有性情，不能無好惡；有好惡，不能無美刺；有美刺，其辭自不得不爾。既不著作者之名，又不擿君父之過，若爲同儕自語，影響比譬，何爲不可？故有雄狐、碩鼠、田盧之喻，而非詈；有狡童、狂且、爾汝之呼，而非侮。況子有宛死，何嫌之有？必如朱說，欲明忠厚之義，而開世主惡謗之端，詩人之志，幾乎窮矣。

116 揚之水

古序曰：《揚之水》，刺晉昭公也。毛公曰：昭公分國以封沃，沃盛彊，昭公微弱，國人將叛而歸沃焉。

説曰：晉昭公分曲沃之地，以封其叔父成師，是爲桓叔。桓叔彊，而潘父弑昭公，謀納桓叔，不克。晉、沃交攻。再傳沃莊伯。至于武公，遂併晉。事見《春秋傳》。此託爲國人從沃之辭，刺昭公之失民也。朱子改爲叛者自作。豈有民叛其主，既云不敢告人，而又作詩以自明者乎？有國家者，使其民從敵爲樂，而且爲之隱諱，國欲不亡，得乎？自古亡國，民心貳而後敵人乘之。段之叛鄭也，國人先美之。突之逐忽也，國人先去之。沃之叛晉也，國人先從之。詩皆以爲刺，而聖人皆存之，所以爲萬世長民者戒也。

117 椒聊

古序曰：《椒聊》，刺晉昭公也。毛公曰：君子見沃之盛彊，能脩其政，知其蕃衍盛大，子孫將有晉國焉。

118 綢繆

古序曰：《綢繆》，刺晋亂也。毛公曰：國亂，則婚姻不得其時焉。

説曰：朱子改爲「男女失時，而後得遂其婚姻，詩人述其相喜之辭」，非也。本爲不得婚，而無可奈何之辭耳。當晋、沃搆亂，民間室家流離。詩人託言男女相見無聊之情如此。薪言新也，男女之初也。夫婦，牉合也。斧析木，束以爲薪；媒聯異，合以爲耦。匪斧不克，匪媒不得也。親迎以昏。三星，心星也，即大火也，上一下二，其形如心，東方蒼龍之宿。又三，參也，參七星，中三、上下各二，西方白虎之宿。參以孟冬之昏，始見于東方，是曰在天；季冬之昏，見于東南，是曰在隅；正月昏見于南方，是曰在户。古者，自九月霜降，至二月冰泮，皆婚姻之期，故舉參爲候。至三月心星出矣，昏見于東；五月昏見于東南隅，六月見于南方當户；七月以後西流；九月之昏，西伏戌位而參始東出。心東出，則參西退；心出參退，而昏禮終；參出心退，而昏禮始，故以爲比。芻，言阻也；楚，言愁也，皆失意之比。

119 杕杜

古序曰：《杕杜》，刺時也。毛公曰：君不能親其宗族，骨肉離散，獨居而無兄弟，將爲沃所並耳。

説曰：朱子改爲「人無兄弟者，求助于人之辭」，非也。晋自昭公被弑，與沃五世相攻，宗族離叛，公室孤立，故詩人以杕杜比。杜，棣類，好生道旁，以比疎屬。棣之言悌也，其華合聚，以比同宗。實甘者爲棠，以比兄弟相親也。酢者爲杜。杜，塞也，以比兄弟不相能也。杕杜孤立，以比晋；椒聊蕃衍，以比沃。一盛一衰，以比晋將折而入于沃也。如《王風·葛藟》《鄭風·揚之水》，皆親族畔之，所以不振，安得目爲泛泛行道之語乎？

120 羔裘

古序曰：《羔裘》，刺時也。毛公曰：晋人刺其在位，不恤其民也。

121 鴇羽

古序曰：《鴇羽》，刺時也。毛公曰：昭公之後，大亂五世，君子下從征役，不得養其父母，而作是詩也。

説曰：晋自潘父弑昭侯，納桓叔不克。晋人立孝侯，曲沃莊伯又弑之。晋立鄂侯，莊伯又伐而逐之。平王命虢侯伐曲沃，立哀侯，曲沃獲之。晋立小子侯，曲沃誘殺之。

王又命虢仲立哀侯之弟緡。此所謂大亂五世，而《詩》稱「王事靡盬者」者也。鴇似鴈而大，無後指，《爾雅》云「鳧鴈之醜，其足蹼」，以比君子不任奔走也。叢生曰苞，集于苞，其栖卑矣。勞則思集，大鳥集于叢木，失所之比也。栩言虎也，棘言急也，桑言喪也，皆以比時政也。

122 無衣

古序曰：《無衣》，美晋武公也。毛公曰：武公始併晋國，其大夫爲之請命乎天子之使，而作是詩也。

説曰：晋武公者，曲沃桓叔之孫，莊伯之子也。伐晋侯緡，滅之。使其大夫賂周釐王，王使虢叔錫武公服爲諸侯。其大夫因王使來，作是詩以美其君。而稱子者，指王使言也。朱子改爲武公自述，謂《序》云美爲奬亂。夫《序》云美，非采風者美之，非删《詩》者美之，武公之臣自美武公耳，猶《秦風》之《車鄰》《駟驖》云爾。聖人删《詩》，豈可者乃存之，不可者遂去之乎？亂臣賊子，事有不可，存之，以告來許、垂永戒之義也。若謂此詩奬亂，不可以爲教，則自《二南》以下諸「變風」多矣；《春秋》十二公所書亂跡，亦多矣。其皆可以爲教者歟？存《無衣》，乃其所以爲教也。

123 有杕之杜

古序曰：《有杕之杜》，刺晉武也。毛公曰：武公寡特，兼其宗族，而不求賢以自輔焉。

説曰：朱子改爲「人好賢，而恐不足以致之」，非也。武公兼併晉國，内與宗室爲讐，賢人君子去之，故詩人託孤杜爲刺。尊賢親親，禮之經也。仁者人也，親親爲大；義者宜也，尊賢爲大。未有不仁而能義，不親其親而能尊賢者也。

124 葛生

古序曰：《葛生》，刺晉獻公也。毛公曰：好攻戰，則國人多喪矣。

説曰：朱子改爲「婦人以夫久從征役作」，非也。晉獻公好戰，伐虞、伐虢、伐驪戎，國人多戰亡。詩託死者妻悼亡以刺之，故其辭哀而傷矣。葛生蘞蔓，指死所也。尸膏草野，失其骸骨，故曰亡也。域，塋域也。居室，墓壙也。陣亡不得殯葬，百歲之後，魂歸于居于室耳，皆哭死飲恨之辭。角枕錦衾，斂襲之具也，《周禮》天官大府之職「大喪供角枕」，《儀禮》「斂用衾」。若謂夫婦宴寢之具，則委巷之語矣。

125 采苓

古序曰：《采苓》，刺晉獻公也。毛公曰：獻公好聽讒焉。

說曰：朱子改爲聽讒之詩，謂未見其果作于獻公時。非也。事之可據，孰有如晉獻公之聽讒者乎？猶謂不足信，則詩須有年月日時、作者姓名，乃可耳。各章首二語，讒言侜張之比也。苓，木耳，比聽也。苦，辨其味也。葑，拔其根也。

秦

說曰：觀于序《詩》，而知聖人之先見也。晉亡而秦興矣。或曰：唐堯風亡，夷狄乘之。非也。夫秦地即岐、豐之地也，秦民即岐、豐之民也，何得爲夷？秦苟夷也，陳、檜、曹諸夏，反後夷乎？

126 車鄰

古序曰：《車鄰》，美秦仲也。毛公曰：秦仲始大，有車馬、禮樂、侍御之好焉。

說曰：按，秦自非子，始封爲附庸。非子曾孫秦仲，入爲周宣王大夫。《禮》：天子之大夫視伯。于是始有車馬、寺人，與諸侯同，故秦人創見而誇美之。朱子謂未見其必爲秦仲之詩，非也。

127 駟驖

古序曰：《駟驖》，美襄公也。毛公曰：始命有田狩之事，園囿之樂焉。

說曰：朱子謂此亦前篇之意，非也。按《史》，秦仲生莊公，莊公生襄公。犬戎殺幽王，襄公將兵救之，戰有功。及周東徙，襄公以兵送之。平王遂命襄公爲諸侯，盡以西京地予之。前篇秦仲，猶附庸也，故但誇其車馬、禮樂、侍御，此則爲大國矣，故美其園囿、田獵。《序》説各有攸當也。○誦《秦風》多猛厲之氣，所以虎視諸侯，吞併六國，而亦竟以暴亡。聲音之道，可以知德矣。

128 小戎

古序曰：《小戎》，美襄公也。毛公曰：備其兵車，以討西戎。西戎方彊，而征伐不休，國人則矜其車甲，婦人能閔其君子焉。

說曰：《朱傳》云：「西戎者，秦之臣子所與不共戴天之仇也。襄公上承天子之命，率其國人往而征之，故其從役者之家人，先誇其車甲之盛如此，而後及私情。蓋以義興師，婦人亦知勇於赴敵而無怨也。」按，此論甚正。然實非夫子録《小戎》之本意。録《小戎》，非嘉之也。秦人好戰，雖婦人女子，見車馬旌旗而喜，其習尚固然。時商鞅、白起輩未生，而《小戎》爲之兆矣。聖人前知如神，《序》所以爲確也。若夫犬戎殺幽王與秦仲，雖義不共天，而秦人好戰，本非待此。詩託興婦人，朱子遂謂婦人自作，皆非也。

129 蒹葭

古序曰：《蒹葭》，刺襄公也。毛公曰：未能用周禮，將無以固其國焉。

説曰：朱子謂此詩未詳所謂，以《序》説爲鑿，非也。周道親親尚賢，平易而忠厚，黜詐力而卑武功。自文、武及宣、幽，國于岐、豐，民習先王禮教者，數百年矣。平王東遷，秦襄公據有其地，始以攻戰爲事，刑殺爲威。其民愁居懾處，思昔日太和景象不復可見。東望河洛，有游從宛在之思；西視秦邦，有艱難牽掣之苦。文、武、成、康之澤，維係民心；而秦人慘礉之法，束縛其手足，自立國之初然矣，毛公所以謂之「將無以固其國」也。蓋周之興也，詩歌芣苢，是春和之明景也，周禮行而忠厚篤祜，開卜世有道之長。秦之興也，詩歌《蒹葭》，是肅殺之蕭晨也，周禮廢而强梁腊毒，兆二世撲滅之禍。聖人删定，法戒昭然。後儒不達，詆爲鑿空，豈不誤乎！

130 終南

古序曰：《終南》，戒襄公也。毛公曰：能取周地，始爲諸侯，受顯服，大夫美之，故作是詩以戒勸之。

説曰：朱子改爲「秦人美其君之辭，亦《車鄰》《駟驖》之意」，非也。按，此詩美而寓戒，稱其顔色，而諷以其君，頌其佩服而教以不忘，非徒誇美之而已。終南，鎬京面山也。條，言條理也。梅，言謀也。紀，作杞。堂，作常，棣也。杞之言紀也，常之言綱也。化理謀謨，陳紀立綱，皆脩政之比也。

131 黄鳥

古序曰：《黄鳥》，哀三良也。毛公曰：國人刺穆公以人從死，而作是詩也。

説曰：秦染西戎惡俗，輕生好殺，君葬用人殉。武公之葬，從者六十六人；至穆公，用百七十七人，子車氏之三良與焉。然詩人不刺康公而刺穆公，何也？三良之殉，穆公之志也。嗣君因先世遺風，重以厥考之命，自非賢哲，焉能獨已。使穆公有治命，能革其故，自可無此舉矣。平生悔過作誓，思以賢才遺子孫，身死而自殲其善類，詩人所以惡之也。厥後始皇崩，令後宫皆從死，工匠皆生閉壙中。遺謀不善，子孫好暴，遂以族滅。聖人删《詩》存《黄鳥》，俻《春秋》不卒穆公，蓋惡之也。黄鳥知時，以比賢哲。棘，急也。桑，喪也。楚，愁也。不當止而止，以諷三子也。使三子知幾，則可無及于難。臨穴而惴，雖百贖不可得已。

132 晨風

古序曰：《晨風》，刺康公也。毛公曰：忘穆公之業，始棄其賢臣焉。

說曰：朱子改爲「婦人念其君子之辭」，非也。凡《詩》思念稱君子者，輒以爲婦人，則是男子盡無思，而君子獨婦稱其夫乎？亦固矣。晨、鷐同，鸇也，搏擊羣鳥，其疾如風。秦俗好戰，士以猛摯爲賢，故以爲比。臣擇君，如鳥擇木。木向陽者茂，而北林蕭索。鷹鸇在野則鷙，而遇林則阻。櫟與棣，皆大木，而苞叢生。樹大者，其皮斑駁。櫟在山者苞，在隰者六駁，則大木羅列矣；棣在山者苞，在隰者樹檖，則喬林矣，皆賢人失所之比。

133 無衣

古序曰：《無衣》，刺用兵也。毛公曰：秦人刺其君好攻戰，亟用兵，而不與民同欲焉。

說曰：朱子改爲「秦俗樂于戰鬬，其人平居相謂之辭」，非也。其君平居不能惠民，假王命復仇，以日從事于干戈，語曰：「食人之食，事人之事；樂人之樂，憂人之憂。」君不與民同欲，而責其死力，難矣。所以刺之。

134 渭陽

古序曰：《渭陽》，康公念母也。毛公曰：康公之母，晉獻公之女。文公遭麗姬之難，未反，而秦姬卒。穆公納文公，康公時爲太子，贈送文公于渭之陽。念母之不見也，我見舅氏，如母存焉。及其即位，思而作是詩也。

說曰：朱子改爲「秦康公爲太子，送舅渭陽而作，非即位以後之詩」，非也。《詩三百》編次，與《尚書》二十八篇，世代先後井然。此詩居《黄鳥》《晨風》後，其爲康公即位以後詩，甚明也。故古序不曰太子送舅，而曰康公念母，其旨自遠。蓋有母而後有舅，念舅所以念母。其送舅也，本因念母之情。故其念母也，追憶送舅之事。若送舅，則太子時作；若念母，則不應以念母詩爲送舅詩也。定知此詩不作于渭陽送别，而作于重耳既卒之後。康公即位，重耳卒七年矣。追思昔日見舅如母，今母不見而舅亦亡。不忍直言思母，而但追憶送舅，生死别離之感，惻然于言外，《渭陽》所以千古含悲也。苟無《序》説，尋常餞别語耳。《序》所以爲《詩》根柢，不可易也。

135 **權輿**

古序曰：《權輿》，刺康公也。毛公曰：忘先君之舊臣，與賢者有始而無終也。

陳

説曰：諸國自秦以上，次第可推。自陳而下，三國最小，先亡，故附及之。

136 **宛丘**

古序曰：《宛丘》，刺幽公也。毛公曰：淫荒昏亂，游蕩無度焉。

説曰：朱子改爲「國人見此人常遊于宛丘之上，故序其事以刺之。」若是，則民間自相刺也。夫風行自上始，國人遊蕩，何關君德，而以首《陳風》乎？非也。

137　東門之枌

古序曰：《東門之枌》，疾亂也。毛公曰：幽公淫荒，風化之所行，男女棄其舊業，亟會于道路，歌舞于市井爾。

説曰：朱子改爲「男女聚會，賦其事以相樂」，非也。男女淫樂，必不肯自宣其醜。「不績其麻，市也婆娑」，此疾亂之辭，甚明也。東門，國門也。枌，言紛，衆也。栩，言許，多也。二章言市，都市也；三章言鬷，人叢集也，猶《齊風》言魯道行人，皆以羞惡諷之也。子仲，女氏也。南方，女居也。原，女姓也。穀旦，良時也。績麻，女業也，諷其失時廢業也。婆娑，放浪不檢，非女之容也。如荍、貽椒，相謔之辭也。荍，蕎麥，其子觚棱，翹然不相合也。椒子圓滑，其芳易襲。始若荍而終若椒，比淫女始違，終見從也，猶《衛・桑中》之期送，與《鄭・溱洧》之贈謔，皆詳暴其事以諷之，所以爲刺也。

138　衡門

古序曰：《衡門》，誘僖公也。毛公曰：愿而無立志，故作是詩以誘掖其君也。

說曰：朱子改爲「隱居自樂，無求者之辭。」又曰：「僖者，小心畏忌之名，序以爲愿無立志，而配以此詩耳。」按，謚法：「小心畏忌曰僖」，此詩殊無小心畏忌之意，何緣强配僖公？詩實似賢者隱居，何不以秉政不任賢之謚配夷公，尤明切乎？夷之去僖，甚近也。古人序《詩》，不察源委，而但以謚法强配，欺天下後世，無是理也。朱子説《詩》極其淺率，而其詆《序》極其深刻，甚可怪也。蓋陳本小國，僖公愿謹無爲，詩人遷就誘掖，因器勸成耳，如孟子云「滕雖褊小，猶可以爲善國」云爾。詩人即其所自處以比，故似隱者之辭。○按，魏地陿隘，其民纖嗇，而君褊急，故詩人望其君以恢弘。陳地廣平，其民游蕩，而君愿謹，故詩人誘其君以立志。卒之晋强于諸侯，而陳終于不振。故國不厭小，俗不厭儉，君不厭愿，存乎自强耳。《詩》可以觀矣。

139 東門之池

古序曰：《東門之池》，刺時也。毛公曰：疾其君之淫昏，而思賢女以配君子也。

說曰：朱子改爲「男女會遇之辭」，非也。水性流蕩，而池水湛靖，以比賢女幽貞也。麻、紵、菅，以比君德昏亂也。詩人惡淫女、思淑姬，猶《小雅・車舝》之思季女也。晤，相對不寐也。歌，以善道諷詠也。語言，以善道相告語也。君德不淑，而致望于内助，無俚之至也，所以爲刺。

140 東門之楊

古序曰：《東門之楊》，刺時也。毛公曰：婚姻失時，男女多違。親迎，女猶有不至者也。

説曰：此詩與鄭之《丰》，事類而其刺同。楊有葉，冰泮後期也。朱子改爲「男女期會負約之辭。」暮夜郊外，林莽相期，唯恐人知，又自詩以傳乎？非情也。

141 墓門

古序曰：《墓門》，刺陳佗也。毛公曰：陳佗無良師傅，以至於不義，惡加於萬民焉。

説曰：按，《春秋》魯桓公五年，陳文公病，庶子佗弑太子免而自立，國人大亂。佗奔蔡，蔡人殺之。此詩刺佗無良，由無賢師傅也。自古貴戚驕奢，皆由羣小導之。鄭段與國人狎而作亂，陳佗與不良人處而弑君，垂戒遠矣。墓門，凶僻之地也。棘，言急也。梅，言迷也。鴞，惡鳥也，以比凶人。朱子謂：「《序》因陳國無事可紀，獨陳佗作亂，以是詩與之」，非也。夫事孰有大于弑君者乎？陳之有佗，猶衛之有州吁，鄭之有叔段，皆大故也。采風而無刺，奚貴爲風？故《陳風·墓門》，猶《衛》之《終風》與《鄭》之《叔于田》云爾。《序》不可易也。

142 防有鵲巢

古序曰：《防有鵲巢》，憂讒賊也。毛公曰：宣公多信讒，君子憂懼焉。

說曰：讒賊者，讒言賊害人也。各章首二句比讒言。防、邛，皆地名也。凡草秀曰苕，堂下路曰唐。鵲巢、苕，皆常有之物。而遠指防、邛，猶《采苓》之言首陽也。廟中路，本砌甓爲之。草有虉，鳥亦有鷊。四者皆疑似侜張之言，故以比讒言也。朱子改爲「男女有私而憂或間之」，非也。以予美爲男子，則《簡兮》爲怨女矣；以予美爲婦人，則《離騷》爲曠夫矣。從《序》，則此詩爲忠憤；從《朱》，則此詩爲閨思。聖人删訂之義，宜何從乎？

143 月出

古序曰：《月出》，刺好色也。毛公曰：在位不好德，而說美色焉。

説曰：詩本刺好色，而毛公云「在位不好德」，蓋人主之心，所好在此，則所輕在彼。孟子云：「其爲人也多欲，雖有存焉者寡矣。」子云：「吾未見好德，如好色者。」齊民好色，亦職惟疾。爲人上而無德，何以先民？下之淫風，由于上之倡率也，故詩呼月出，以警在上。月主陰而司昏，俾夜作晝，以比女色也。匪才匪德，一佼人耳。反覆思念，至于勞心輾轉不已，所以爲刺。朱子改爲男女相悦相念之辭，味索然矣。

144 株林

古序曰：《株林》，刺靈公也。毛公曰：淫乎夏姬，驅馳而往，朝夕不休息焉。

說曰：陳大夫夏御叔，娶于鄭穆公女夏姬。生子徵舒，南即其字也。御叔蚤死，陳靈公與大夫孔寧、儀行父，皆通于夏姬。徵舒惡之，弑靈公。此詩託爲國人刺公，而朱子因改爲民間相語之辭，非也。株林，夏氏邑。短木曰株，《易》曰「臀困于株木」，君臣聚淫，所以困也。

145 澤陂

古序曰：《澤陂》，刺時也。毛公曰：言靈公君臣，淫於其國，男女相説，憂思感

傷焉。

說曰：朱子直以爲男女之辭，非也。極道其相悅相念，所以爲刺耳。淫義生于水，故以澤爲比。蒲、荷、蕑、菡萏，皆柔弱浸淫之物也。水草相依，以比男女相狎。憂思至于悲傷涕泗，寤寐不忘，俗之所由來者漸矣。

檜

146 羔裘

古序曰：《羔裘》，大夫以道去其君也。毛公曰：國小而迫，君不用道，好潔其衣服，逍遥遊燕，而不能自强於政治，故作是詩也。

說曰：朱子謂檜君好潔其衣服，逍遥遊宴，故詩人憂之。此又拘毛説過也。古序云「大夫以道去其君」而已。好潔衣服，毛公解詩中文字，而詩不爲潔衣服作也。檜君之過，不在潔衣服；大夫所爲去，亦不以潔衣服。特以逍遥不能自强，故以衣服爲比耳。言服飾之外，都無所事云爾，猶《曹風》之《蜉蝣》也。

147 素冠

古序曰：《素冠》，刺不能三年也。

説曰：《禮》：父母喪，必三年。始死，疏衰苴絰杖。期年外一月小祥，以練熟麻布爲衣冠。再期外一月，大祥。又間一月禫而服除。實不計閏二十七月，上下同也。周衰禮廢，三年之喪不行。如春秋諸侯，居喪而親迎、盟會、戰伐，大夫以下可知已，故詩人刺之。素冠，即練冠。能練冠，則能三年矣。

148 隰有萇楚

古序曰：《隰有萇楚》，疾恣也。毛公曰：國人疾其君之淫恣，而思無情慾者也。

説曰：朱子改爲「政煩賦重，民苦而作」，非也。萇楚之言長愁也。凡人情累，生于有知，成于有室。苟常如童赤無知，無室家，則何累之有？萇楚始生自立，盈尺以上，蔓延草上，人壯而有室多累似此，故以爲比。○是詩與《唐風・十畝之間》，朱説皆極似。所謂讀《詩》易簡直訣如此，所以不及古序者。風人之志，深厚微婉，則得之；而淺率直遂，則失之矣。故夫善説《詩》者，不以辭也。

149 匪風

古序曰：《匪風》，思周道也。毛公曰：國小政亂，憂及禍難，而思周道焉。

說曰：《朱註》以周道爲適周之路，謂《序》未達，非也。詩言顧瞻者，雖適周之路，而意之所託，則周道盛之時也，王綱振肅，無侵陵之患。比其衰也，小國失恃，故曰中心怛兮，所以瞻行路，而思王道耳。風發車偈，亂世搶攘之象也。

曹

150 蜉蝣

古序曰：《蜉蝣》，刺奢也。毛公曰：昭公國小而迫，無法以自守，好奢而任小人，將無所依焉〔一〕。

說曰：蜉蝣之言浮游也，放浪不檢，無法守之比。蜉蝣，小蟲，朝生夕死，國小而迫

〔一〕原闕「將無所依焉」，據《毛詩原解》補。

之比。衣裳文采，好奢之比也。羽翼，任小人之比也。危亡將至，故曰無所依。朱子以爲刺昭公無可考，改爲刺時人玩細娱而忘遠慮者，不知又何所考也。

151 候人

古序曰：《候人》，刺近小人也。毛公曰：共公遠君子而好近小人焉。

説曰：朱子謂《序》以「三百赤芾」附合《春秋左傳》晉文公入曹之事，遂以爲共公，非也。按，《詩序》本國史之舊目，聖人因而刪定，其來遠矣。《左傳》出後人手，叙重耳入曹，數其不用僖負羈。乘軒者三百人，襲此詩「三百赤芾」語。其實誤也。蓋諸侯之大夫不過五，以曹之蕞爾，舉羣臣不能三百，而況大夫？言三百者，極道其濫耳。故曰：説《詩》不以辭害志。若《雲漢》，則周之民無孑遺；若《候人》，則曹之大夫有三百。烏可以辭徵也！《左傳》引此屬文，非重耳真有此言也。朱子反疑《序》説爲附合《左傳》，不倒見乎！

152 鳲鳩

古序曰：《鳲鳩》，刺不壹也。毛公曰：在位無君子，用心之不壹也。

說曰：朱子改爲「美君子用心均平專一」，非也。詩因美以見刺，稱善人君子，警在位者之不然，猶《鄭風》之《羔裘》、《小雅·楚茨》之類。民風不醇，猶上無身教，下無表率也。故君心以至誠純一爲本。天下不見君子之心，見君子之儀，即儀可以徵心。物性誠一，無如鳥之哺子。鳲鳩每生七八子，哺之如一。《月令》：季春，戴勝降于桑。鸛鴿首有幘，名戴勝，喜食桑葚。初夏桑葚熟，則鸛鴿子飛，《氓》之篇曰「于嗟鳩兮，無食桑葚」是也。以鳲鳩比，見人不如鳥，所以爲刺。

153 下泉

古序曰：《下泉》，思治也。毛公曰：曹人疾共公侵刻，下民不得其所，憂而思明王賢伯也。

說曰：朱子謂曹無他事可考，《序》因《侯人》遂以爲共公，天下大勢，非共公之罪。非也。按，《詩》先後自有定序，此詩之爲共公舊矣。不恤其民，而使民憂思，安得無罪？事雖不獨曹，而詩作自曹，即爲《曹風》矣。豈得以天下大勢諉之？泉水寒洌，不能生物，比國政侵刻也。田無五穀，惟稂與蕭，比閭閻蓬蒿，無力供誅求也。是以有明王賢伯之思焉。○按，《風》至《曹》而王迹熄矣，《春秋》所以作也。故詩人念周京，哀四國，思明王與賢伯焉。是時，晋重耳始霸，執曹君，分曹地，要王饗醴，策命爲侯伯。天下有天子，而後有方伯；無天子而方伯制命，專征伐，所以大亂也。故曰：「四國有王，郇伯勞之。」無王，焉得有伯？《春秋》書晋侯入曹，執曹伯，畀宋人，與詩詠《下泉》，删《詩》終《曹風》義正同。惟知《春秋》者，可與言《詩》，故曰：「《詩》亡，《春秋》作」。千載知言，孟氏一人耳。後儒奬霸尊晋，烏足與言《詩》。

豳

説曰：豳，周之始國也。《風》首《二南》而終《豳》者，《豳》爲周道之始，《二南》周道之成也。守成者原其始，始則終變。撥亂者反其終，終則復始。文王基始，周公代終，周道之全也。「變風」而終以周公，剥則思復也。然則周公之詩，何不遂以爲魯？周公未嘗一日居魯也。成王尊周公，而不以爲臣；魯本臣，而因周公以自尊，故聖人存《魯頌》，不列魯風。魯僭而以風爲頌，王降而以雅爲風，一也。然則《豳》何不遂以爲雅乎？蓋公劉草創區區，未足比諸侯，而焉可以爲天子？稱風，本其舊也。然則《鴟鴞》以下，非豳屬《豳》，又何也？皆西人之詩，而周公之事也。周公老于周，而魯無風可繫，進不敢附于《周南》，故退而繫之《豳》也。後天下者，周公之心；不忘先業者，周公之志也，非聖人孰能定之。

154 七月

古序曰：《七月》，陳王業也。毛公曰：周公遭變，故陳后稷先公風化之所由，致王業之艱難也。

說曰：朱子改爲「周公以成王未知稼穡之艱難，作此戒之」，非也。若是，則朝廷獻納，宜屬雅。今與《東山》《鴟鴞》同繫《國風》之末，則《周南》之變耳。聖人而遭兄弟之謗，庸非變歟？人情艱則思危，勞則反本；履泰則驕，思先則懼。昔者周先公之始造豳也，勤以力本，儉以制用，豫以趨時，孝以養老，忠以奉君，慈以育衆。陰陽、日月寒暑，必按其節；昆蟲、草木榮枯，必審其時；祭祀、燕饗、興作勞逸，必謹其禮。敬天勤民，教養休息，數百年而後成文武之業，若此其艱難也。二叔不類，有忝式穀。成王以嗣子大弗克恭，不寬綽厥心，譸張于小人，而疑忌師保。是時紂子未殄，東方多難，西土人不静，國家之事，未可知也。故公陳先世憂勤以告王，使克念爾祖，勿忘艱難，亦人情疾痛呼父母之意云爾。○或問：《七月》與《篤公劉》，風雅殊，何也？蓋《七月》民事，《篤公劉》君事也。然則《周禮·春官籥章》「祈年吹豳雅，蜡祭吹豳頌」，何也？蓋此詩歌于朝廷，亦可爲雅；歌于祭祀，亦可爲頌。鄭康成謂如采桑之女，感時思歸，風也；春酒介眉壽，雅也；稱觴祝君，頌也。朱元晦不然之，而以《楚茨》諸詩，當豳雅焉。

155 鴟鴞

古序曰：《鴟鴞》，周公救亂也。毛公曰：成王未知周公之志，公乃爲詩以遺王，名之曰《鴟鴞》焉。

説曰：武王崩，成王立，周公爲相。使其兄管叔鮮，監紂子武庚治殷。管叔將以殷畔，流言于國曰：「周公將不利于孺子。」王心疑公，公告太公、召公曰：「我之弗避，無以告我先王」，乃避位。居東二年。管叔叛，王執而誅之，心猶疑公未釋也，公乃作此詩，自東以貽王。首章呼鴟鴞，比武庚也。取我子，比武庚陷管叔于死也。二章未雨綢繆，比武庚尚在，東方未寧，勸王早圖也。三章以後，皆自明己志。然《序》不言公自明，而曰公救亂，何也？是時，成王幼冲，國家新造，紂子未殄，奄徐外叛，故公作此詩悟王。不知公者，謂公自明；而知公者，謂公救王室與天下也。大哉《序》言！非明社稷之計，諒聖人之深衷者，孰能作之！朱子謂以《金縢》爲文有據，而不知以《金縢》爲文者，毛氏解《序》之説也。《序》云「周公救亂」者，雖《金縢》亦未之及也。又謂此詩，周公東征二年誅管叔、武庚而作。按,《書》居東,非東征也。誅管叔者成王,非周公也。管叔雖誅,而武庚尚在。是詩作于成王殺管叔之日,公尚居東未歸。而東征,則公歸之後矣。朱子誤于漢儒周公殺兄之説,漢儒又誤于《孔書·蔡仲之命》、《孔書》又誤于解《金縢》「弗辟」之語。承訛習謬,使聖人蒙千古不白之冤,以迄于今。愚于《書·金縢》《大誥》諸篇,辨之詳矣。○誦《鴟鴞》,而知周公于是始有東征之志矣。昔武王誅紂,封其子,罰弗及孥,仁也。及管叔以武庚叛,奄徐諸國亦叛,則殷周之不兩立,天下之定勢也。况管叔誅矣,武庚獨可免乎?故以鴟鴞比之,始視紂子爲不祥之物,歸而遂有東山之師耳。

156 東山

古序曰:《東山》,周公東征也。毛公曰:周公東征三年而歸,勞歸士,大夫美之,故作是詩也。一章言其完也,二章言其思也,三章言其室家之望女[一]也,四章樂男女之得及時也。君子之於人,序其情而閔其勞,所以説也。説以使民,民忘其死,其唯《東山》乎?

[一] 女,原爲「汝」,據《毛詩原解》改。

説曰：周公避謗居東二年，成王誅管叔，得公《鴟鴞》之詩，又感風雷之變，始悔而迎公。公既歸，乃大誥天下，奉成王以東征武庚，遂伐奄，《孟子》所謂「三年討其君，滅國五十」者，即此行也。大亂既殄，將卒生還，閭閻安堵，皆公所以振溺亨屯，而躋之安全者也。故周大夫作是詩，亟道其使民忘勞，而公之忠勤盡瘁，神武不殺，皆隱然于言外，可謂善頌矣。而朱子謂「爲公自作，以勞歸士，如《采薇》《杕杜》之類」，則仁人之言，不待公而能之矣，況可以風而亂爲雅乎？

157 破斧

古序曰：《破斧》，美周公也。毛公曰：周大夫以惡四國焉。

説曰：朱子改爲「征士答前篇周公勞己而作」，非也。朱子于凡詩義相似者，輒以後爲答前。斧斨似兵，破缺似戰，故以《破斧》爲答《東山》。然使東山之戰，至于兵器破缺，則殺人多矣，豈褒美之辭歟？詩言戎器，惟車馬、弓矢、戈矛。而斧斨以析薪伐木，王室有公，劈解盤錯，猶之斧斤也，因以爲比。《司馬法》：「輜輦載一斧一斤、一鑿一梩、一鋤、二版二築」，皆軍中樵蘇築壘用之，故次章缺錡。錡，釜屬，所以爨也，《采蘋》云「于以湘之，維錡及釜」是也。三章缺銶。銶，搥鑿之屬，皆任用之器。《朱傳》謂爲兵器，誤矣。

158 伐柯

古序曰：《伐柯》，美周公也。毛公曰：周大夫刺朝廷之不知也。

説曰：朱子改爲「周公居東，東人喜見公而作」，非也。管叔既死，《鴟鴞》既作，公尚留滯東土。成王感風雷之變，乃執《金縢》之書，泣曰：「惟朕小子，其親逆，我國家禮亦宜之。」王意欲親迎公，而未果者，悔往事之錯謬，恐公意未釋，而踟躕所以迎公之禮，以小人之腹，爲君子之心耳。不知聖人天地之量，其見疑也，奚以懟；其既明也，奚以喜。既不以蒙難而失常，豈以既明而求雪？詩人諒公之深。贊王親迎，以伐柯娶妻比，「伐柯用斧，娶妻用媒」，古有是語。冕而親迎，重其事也。故借以諷王，而其言微婉。苟無《序》，將以是詩爲婚禮而作矣。

159 九罭

古序曰：《九罭》，美周公也。毛公曰：周大夫刺朝廷之不知也。

説曰：前篇諷成王以饗禮迎公，此篇諷王以冕服迎公。朱子改爲「周公居東，東人喜之而作」，非也。夫居東，公之不幸也。不以朝廷失公爲憂，而以東人見公爲喜。其于君子立言大義，近兒女私情。謂周大夫託東人愛公諷王，則可；謂東人喜之而作，則謬矣。九罭，九囊大網。物莫大于魚，魚大則網恢。九罭之言九域，以比天子羅致大臣也。鱒、魴，皆魚名。鱒之言忖，魴之言方，忖度所以挽回公之方也。蓋王悔始之失公，而詩人諒公之忠順，惟勸王還其舊服而已矣。上公衮冕，即冢宰之服也。鴻飛，比公去位高蹈也。遵渚、遵陸，比二年居東也。一章，謀所以迎公之禮。二章、三章，揣公必歸，而託爲辭東人之語。四章，迎公西歸，而託爲東人留公之語也。是時，公居東已二年矣。信處、信宿，諷王之速迎公也。蓋王雖不諒公，而公終未忍忘王，往迎則必反。故東人悲公歸，而朝廷不恤公去。詩所以歎其不知，而表公之盛德精忠，無絲毫怏怏懟主之情。其辭義懇惻微婉至矣。〇余誦《九罭》，而知聖人忠愛之無已也。臣之事君，無所逃于天地之間。始以王見疑而去，負罪引慝，人臣自靖之分也。苟君能諒臣之無他，則懽然相與棄其舊而圖其新，豈復有纖芥不釋之憾乎？詩人所以深知公，而託詠于九罭之魚也。爲人臣者，師周公可矣。

160 狼跋

古序曰：《狼跋》，美周公也。毛公曰：周公攝政，遠則四國流言，近則王不知。

周大夫美其不失其聖也。

説曰：美聖德而言豺狼者，才良之寓言也。狼行顧其後，比公去國未忘王室也。狼性怯走善還，比公居東西歸也。世稱顛連曰狼狽，冗亂曰狼籍，播棄曰狼戾，放散曰狼宕，皆患難之比也。○誦《狼跋》而知世路嶮巇，自古然矣。聖如周公而猶不偶，士宜何如自處邪？有大美而能讓焉，庶其免矣。孔子温良恭儉讓，故雖老于行，日尊以光。使憂能傷人，周公、孔子何以自全乎？《詩》可以觀，其斯之類矣。

毛詩序説卷之三終

毛詩序説卷之四

小雅

説曰：列國之詩謂之風，王朝之詩謂之雅。風，俗也；雅，正也。正者，政也。言小政者，爲《小雅》；言大政者，爲《大雅》，皆王朝之詩。《小雅》多言政事而兼風，《大雅》多言君德而兼頌。故《小雅》之聲，飄姚和動；《大雅》之聲，莊嚴典則。小、大之義盡此矣。司馬遷謂：「《國風》好色不淫，《小雅》怨誹不怒。」以《國風》《小雅》並言，不及《大雅》，亦此意。《雅》有正、變，皆周未東以前西京之詩，東遷而後無《雅》，故曰《詩》亡。

鹿鳴之什

説曰：《雅》無諸國之别，故毛氏列以爲什，如軍法十人爲什也。自《鹿鳴》至《魚麗》十篇爲《鹿鳴之什》。外《南陔》《白華》《華黍》三詩，有目無篇，不與焉。皆文武之《雅》也。朱子以亡詩配數改編，而《小雅》舊什亂矣。

161 鹿鳴

古序曰：《鹿鳴》，燕羣臣嘉賓也。毛公曰：既飲食之，又實幣帛筐篚，以將其厚意，然後忠臣嘉賓得盡其心[一]矣。

説曰：朱子改爲「燕饗賓客之詩」。據《燕禮》《鄉飲酒禮》「工歌用之」，遂以爲通用之樂。然此詩初本天子燕羣臣嘉賓而作也，猶《關雎》本后妃之德。雖鄉、射、燕禮用之，未可遂爲鄉、射、燕禮之樂歌也。則此詩豈可遂目爲燕饗泛用之詩乎？鹿之言禄也，明主禄養賢臣，故臣僚有羣鹿之象。鹿，陽物也，生于山。苹、蒿、芩皆草，生于澤。鹿食澤中，有山澤交之象，《易》所謂「咸者，感也」，故曰「山上有澤，咸。君子以虚受人」，是爲明主求教之象。天地感而萬物生，聖人感人心而天下和平。故《易》以《咸》首下經，《詩》以《鹿鳴》冠《雅》，其義同，所以爲登歌之首也。

162 四牡

古序曰：《四牡》，勞使臣之來也。毛公曰：有功而見知，則説矣。

[一] 心，原爲「言」，據《毛詩正義》改。

說曰：周先王[一]遣使臣，終事歸，則歌此詩燕之。《毛傳》謂爲文王之詩。而稱王事者，西伯受商王之命，以統諸侯，使臣往來，皆王事也。此因西伯未稱王而曲解之，非也；後儒遂謂文王末年稱王，尤非也。蓋凡《風》《雅》歌文王之事，非即作于文王之世。周道大行，然後禮樂興，則是成王、周公之世矣。故稱王事、稱天子，文、武同也。四牡，使臣之乘馬也。馬行地無疆，坤道也，臣道也，故以爲比。雄曰牡，男子經營四方，故以四牡比。鵻，與隹通，即隹鳩，布穀也。其鳴勸耕，以比孝子耕田養其父母也。

163 皇皇者華

古序曰：《皇皇者華》，君遣使臣也。毛公曰：送之以禮樂，言遠而有光華也。

說曰：此本文王之詩，後王遣使臣皆用之。使臣受命不同，總之宣上德，達下情而已。人主深居清穆，四方艱難疾苦，無由周知，故使臣以周諮爲先務焉。燕以遣之，所謂送以禮也。歌以樂之，所謂送以樂也。遠而有光華，是皇華所取義也。綸命寵被，君以華其臣；奉使不辱，臣以華其君。朱子謂《序》不達詩意，非也。

[一] 王，原文爲生，據《毛詩原解》改。

164　常棣

古序曰：《常棣》，燕兄弟也。毛公曰：閔管、蔡之失道，故作《常棣》焉。

説曰：按，武王、周公、管、蔡，皆文之昭也。武王崩，周公相成王，使管叔、蔡叔監殷。管叔將以殷叛，流言毁公。王疑公，公遂避位去居東。明年，管叔叛，成王執而殺之。公不預聞，不能救也。鬱鬱飲恨，情見乎《鴟鴞》《大誥》諸篇。及天下既定，制禮樂，追傷而作此詩，于凡宗族燕飲則歌之。首言兄弟至親。二章言死喪，即管叔見殺之事。三章言急難，即避位居東之事。四章言鬩牆禦侮，即二叔流言，武庚作亂之事。五章言既安寧，追怪〔一〕往事，極道悔恨之意。既不忍叔之死，而又不敢尤王。長歌代泣，自怨自艾。使工瞽諷誦，以愬諸父兄弟。亟稱良朋者，自恨爲兄弟，不如朋友耳。情有難言，故末章云「是究是圖」。衷曲甚苦，千載之下，猶堪揮涕。而世儒曾不究圖，誣公殺兄。愚于《書·金縢》辨之詳矣。學者誦《鴟鴞》《常棣》，讀《大誥》《康誥》，而不諒公之心，則千古面牆耳，奚以誦《詩》讀《書》爲乎！〇余誦《常棣》，而周公無殺管叔之事愈明矣。

〔一〕怪，《毛詩原解》作「惟」。

蓋二叔得罪王室與天下也，雖有可殺之罪，而公終無殺兄之心。天下以討罪人爲大義，而公終以不能全兄爲不恭，故于《康誥》曰：「弟弗克恭厥兄，兄亦不念鞠子哀，大不友于弟。」此詩亦云：「雖有兄弟，不如友生。」其自怨之情愴然。蓋傷管叔之死，而恨己之不能救也。豈其有殺兄之事，而又爲此辭乎？《春秋左傳》亦惑于周公殺兄之説，故謂是詩爲召穆公作也。夫召穆公則宣王之季矣。序謂文、武以《天保》以上治内，安得有幽、宣「變雅」雜于其中。左氏紕繆，不止此一端。至其爲《國語》，又謂爲周文公作。其狐疑兩可，本無足據。然周公之詩，而《魚麗》之序又云文、武，何也？凡文、武之詩，非即作于文、武之時也，皆周公成文、武之德，以制禮作樂。此其燕兄弟之樂歌也。朱子疑世次不類，謂此序與《魚麗》之序相矛盾，可謂不達矣。

165 伐木

古序曰：《伐木》，燕朋友故舊也。毛公曰：自天子至於庶人，未有不須友以成者。親親以睦，友賢不棄，不遺故舊，則民德歸厚矣。

説曰：太平非一士之力。明主求賢，如爲室求木，故以伐木比。語曰「良禽擇木，良臣擇主」，主明則士附，林茂則鳥歸，故以鳥鳴爲比。山林有士，幽谷有鳥，伐木聞鳥鳴，比求賢得良朋也。丁丁用力，以比求治也。許許人衆，以比朋友也。山阪野處，伐木賤事，以比故舊也。王者貴不忘賤，故屢詠伐木，所以爲燕朋友故舊之詩也。

166 天保

古序曰：《天保》，下報上也。毛公曰：君能下下以成其政，臣能歸美以報其上焉。

説曰：朱子謂：「人君以《鹿鳴》以下五詩燕其臣，臣受賜者歌此詩以答其君。」古註意同。則是羣臣、嘉賓、使臣、兄弟、朋友，凡蒙燕者皆歌此詩。則周臣之答其上也，不幾于虛文雷同乎？非也。文、武盛時，上下交而泰道成，人心和悦，周公作是詩以鳴其盛。先有泰平之福，忠愛之情，而後樂歌興焉。非預作是詩，徒使諸臣誇誦，如後世辭臣矯飾以諛其君，非《天保》之情矣。今觀其辭，曰單厚，諷以仁也；曰多益，諷以損也；曰戩穀，諷以盡善也；曰孝，諷以承先也；曰質，諷以治也；終之曰爾德，歸美之中，責難之義備焉，所以爲《天保》也。《朱傳》單厚、多益、戩穀之類，俱作福禄解，文義重沓，而乏諷規，與後世獻諛之辭何殊？蓋祝其君，而以日不足，神之弔，日月之盈虛，意微婉矣。

167 采薇

古序曰：《采薇》，遣戍役也。毛公曰：文王之時，西有昆夷之患，北有玁狁之難。以天子之命，命將率、遣戍役，以守衛中國。故歌《采薇》以遣之，《出車》以勞還，《杕杜》以勤歸也。

說曰：朱子謂此未必文王之詩。夫文王雖未爲王，其爲方伯，以王命遣戍，自有樂歌。此詩居正雅之先，非文王烏足以當之？亦猶《國風》首《二南》，雖不必盡文王后妃之事，而皆以歌詠文王后妃之化，爲世法程也。故風者，教也，自家庭以達于邦國；雅者，正也，自朝廷以達于天下。教以君爲主，故《二南》之事，不出家國；政以天子爲宗，故《小雅》之事，及于天下。周之政教，由文王興，風雅皆自文王始也。然何知非武王乎？蓋文、武同，而謨烈異。武王之烈，誓命也，著之史册；文王之謨，禮樂也，被之聲歌。功莫大于武，而德莫高于文。夫子于《書》記武功，而于《詩》歌文德。《二南》《小雅》，《關雎》《鹿鳴》諸詩，所以誌文王之德之盛也。當紂之末，禮樂征伐，雖奉商政，而周家聲靈文物，焕然維新。《采薇》命將出師，想見當世威德隆重。而小心服事，不肯改姓易物。三分有二，以服事殷，周之德可謂至德。文王既没，文在兹者，此之謂也。采薇，比王師制敵之易，薇之言微也。四章言常棣，比三軍和集也。王者之師貴人和，所以制敵如采薇也。朱子論《詩》，以代言爲上之厚。《三百篇》中，美刺多代言也。聖人佚道使民，不在代言，而在體恤之誠，讀者當得之言外。

168 出車

古序曰：《出車》，勞還率也。

說曰：前篇遣戍。此與下篇，戍畢歸，而燕以勞之。此篇勞將帥也。遣則將與卒同，軍旅同心也。勞則將與卒異，朝廷殊禮也。《禮》：賜君子、小人不同日。勞將帥以《出車》，君子之儀衛；勞士卒以《杕杜》，小人之私情。《出車》叙其功，《杕杜》叙其情耳。

169 杕杜

古序曰：《杕杜》，勞還役也。

說曰：《出車》以勞君子，詳其事而美其功；《杕杜》以勞小人，叙室家私情而已。杕杜，孤樹也。杜，棣屬，梨也，實甘者爲棠，澀者爲杜。棠枝叢密，而杜枝多刺。其花皆合聚，故棠棣比兄弟，而杕杜比士卒。花合而樹獨則孤，卒合而軍還則散，故爲還卒之比。北山，幽方，憂思之比。枸杞，甜菜味苦，士卒甘苦之比。○先儒謂《采薇》以下爲文王之詩，諷之誠然。武王命將誓師，氣象自別。而末年受命，制作未備。周公承文謨作歌，故篇中稱王、稱天子。舊註以爲殷王，非也。

170 魚麗

古序曰：《魚麗》，美萬物盛多，能備禮也。毛公曰：文、武以《天保》以上治内，《采薇》以下治外。始于憂勤，終于逸樂，故美萬物盛多，可以告于神明矣。

說曰：朱子改爲「燕饗通用之樂歌」，非也。明王盛時，品物蕃阜，詩人作歌，以美豐亨富有之祥。聖人删《詩》正《雅》，師文武，崇王道。而説者但爲上下飲酒，定樂歌，道主人優賓之意，則全詩所言皆口腹餚饌而已。執《儀禮·鄉飲》工歌以爲據，則是《雅》《頌》秖爲《儀禮外傳》而已，淺陋卑薄，何以言《詩》。○朱子謂：「《魚麗》非文、武之詩，不在《鹿鳴什》内。」據《儀禮·鄉飲酒禮》「笙歌相間」，謂歌有詩而笙無詩，以《南陔》《白華》《華黍》間《鹿鳴》以下三詩，《由庚》間《魚麗》，《崇丘》間《南有嘉魚》，《由儀》間《南山有臺》；移舊章以合《儀禮》，并古序改爲燕饗通用之歌，置周道文武之盛于不講。夫聖人删《詩》，非删禮也。笙歌相間，自有禮儀在，何得以有聲無辭則之空名，寄之《雅》中？辭生于心，聲託于器。凡樂由心生，聲由辭生。有辭然後有聲，聲無辭不成章。若笙自爲笙，歌自爲歌。一歌間一笙，風雅頌之歌三百，即合有三百笙。笙有三百，簫管、竽籥之類，亦合各有三百，奚獨《南陔》《白華》五六篇而已？又謂《儀禮》于《鹿鳴》《四牡》以下曰歌，于《南陔》《白華》《華黍》曰笙、曰樂、曰奏，而不言歌，以此爲有聲無辭之徵。今按，《鄉射》亦《儀禮》也，云奏《騶虞》《狸首》，而《騶虞》有辭亦云奏。《周禮》有《九夏》，《國語》稱「金奏《肆夏》《樊遏》《渠》。」按《肆夏》，即《時邁》；《樊遏》爲《韶夏》，即《執競》；《渠》爲《納夏》，即《思文》，皆有辭而皆云金奏，則奏亦辭也。《南陔》《白華》之名即《九夏》之類。金奏《九夏》有辭，笙奏《南陔》《白華》獨無辭乎？又《周禮·籥章》「以籥吹《豳詩》」，《豳詩》即《七月》，籥吹《七月》亦猶笙吹《南陔》《白華》《華黍》也。《豳》有辭，而《南陔》以下獨無辭乎？又《禮記·文王世子》明堂位，祭統升歌《清廟》，下管《象》，《象》即《維清》也，謂管奏《維清》于堂下。管有辭，而笙獨無辭乎？大抵歌即樂也，未有有聲無辭之樂。今分樂與歌爲二，未見其可。

南陔

古序曰：《南陔》，孝子相戒以養也。

白華

古序曰：《白華》，孝子之潔白也。

華黍

古序曰：《華黍》，時和歲豐，宜黍稷也。毛公曰：有其義而亡其辭。

説曰：按，此皆武王時詩也。萬物既多，孝子得養其父母，故次《南陔》。南陔者，取南風來陔隴之義。孝子奉養清潔，故次《白華》。時和年豐，故次《華黍》。詩亡而古序合編，故《序》得獨存。朱子以爲此笙詩，有聲無辭。引《儀禮·鄉飲酒》及《燕禮》：「鼓瑟歌《鹿鳴》《四牡》《皇皇者華》，笙入堂下，磬南北面立，樂《南陔》《白華》《華黍》，乃間歌《魚麗》，笙《由庚》；歌《南有嘉魚》，笙《崇丘》；歌《南山有臺》，笙《由儀》。」謂歌有辭，可歌；笙有腔譜，無辭。愚謂，有腔譜，則腔譜之音自成辭，腔譜所以調辭也。王者作樂，頌功德，未有有腔無辭之樂。所謂鼓瑟而歌者，手彈口和，故曰歌；口吹而辭奏乎其中，故曰笙、曰樂、曰奏。《序》謂其辭亡者，是也。若謂本無是詩，而《序》爲後人妄增，是强詆之也。但其所以亡之故不可考，未知何獨亡笙奏諸篇耳。朱子執謂笙詩無辭，以此。

南有嘉魚之什

説曰：自《南有嘉魚》至《吉日》，凡十篇。而亡詩《由庚》《崇丘》《由儀》三篇不與焉。内《菁菁者莪》以上六篇，皆成王之詩；《六月》以下四篇，宣王之詩。文、武、成王之詩，謂之「正小雅」，宣王以下詩謂之「變小雅」。

171 南有嘉魚

古序曰：《南有嘉魚》，樂與賢也。毛公曰：太平之君子，至誠樂與賢者共之也。

説曰：成王盛時，周公下士，藹藹多吉人，是《詩》可以觀焉。朱子改爲「燕饗通用之樂」，非也。樂雖用《詩》，而聖人删《詩》不以樂。如以樂删《詩》，則所謂《新宫》《狸首》《采薺》《九夏》宜皆存之，而皆不録，可知《詩》爲觀風化俗，明王道，稽世變，昭鑒戒，不獨爲樂耳。惟《頌》爲樂歌，附諸《風》《雅》之後；《風》《雅》，非盡樂歌也，故曰：《雅》《頌》各得其所。人情樂放縱，而惡檢押。聖人言樂必言禮，禮有經而樂無專經，以此。奈何後儒專以樂言《詩》乎？南，明方也，以比明主。嘉魚，以比良臣。魚水，君臣相得也。罩罩，網羅求賢也。樛木甘瓠，上下交也。鵻鳩來思，乘時變化也。

172 南山有臺

古序曰：《南山有臺》，樂得賢也。毛公曰：得賢，則能爲邦家立太平之基矣。

說曰：朱子改爲「燕饗通用之樂」，非也。夫雅者，政也，皆朝廷獻納之辭，如《鹿鳴》《魚麗》《嘉魚》，辭云有酒，猶疑似燕饗。是詩不及飲酒，惟以《燕禮》「歌《南山有臺》」爲据，而是詩實非爲燕禮作也。山有草木，多材之比也。亟贊樂只君子，言得衆賢，則君身君德，名譽福祚，邦家無窮之慶，所以爲樂得賢也。

由庚

古序曰：《由庚》，萬物得由其道也。

崇丘

古序曰：《崇丘》，萬物得極其高大也。

由儀

古序曰：《由儀》，萬物之生，各得其宜也。毛公曰：有其義而亡其辭。

説曰：按《六月》之序，此三篇原不相屬，此以亡詩爲類耳。《朱傳》據《儀禮》改《由庚》次《魚麗》，《崇丘》次《南有嘉魚》，《由儀》次《南山有臺》。説見前。

173 蓼蕭

古序曰：《蓼蕭》，澤及四海也。

説曰：朱子改爲「諸侯來朝天子，與之燕飲，以示慈惠，而歌此詩」，非也。《序》義本謂天子親萬國，懷諸侯，天下一家，故曰澤及四海，總括全篇零露之意。而朱子詆爲淺妄，其實深約也。蓋周道方盛，泰交喜起之歌。篇中言燕者，安樂之意，非飲酒也。據《詩》次第，此篇朝諸侯，下篇方與之燕飲。蕭，蓬蒿也，生澤藪，高不盈丈。露自天零，即《易》所謂「上天下澤，履，君子以辨上下，定民志」「履，帝位不疚」者也。履，禮也，上下有禮，則民志定而泰道成。《序》謂澤加于四海者，君以禮待臣之謂也，豈飲酒云乎哉！

174 湛露

古序曰：《湛露》，天子燕諸侯也。

說曰：前篇來朝，此篇賜燕。朝則禮嚴，燕則情親。朝以朝旦，禮主于辨也；飲以昏夜，情主于合也，故爲湛露陽晞之比。首章，夜飲之初。次章，豐草有露，露始降也。三章，杞棘，籬邊小樹也。杞棘有露，夜漸久矣。杞棘叢生，昏夜之象也。飲多易昏亂，故以顯允諷之。末章，桐椅則高樹也，見其實垂而離離然。終燕歸，天向明矣，所謂醉歸陽晞也。禮終易放，醉則驕，勸則躁，故以豈弟諷之。豈弟，温恭也。

朱子改升亡詩《南陔》《白華》《華黍》于《魚麗》之前，《魚麗》以下悉依《儀禮》次第，雜亡詩《由庚》《崇丘》《由儀》以足十篇之數，至此改爲《白華之什》。

175 彤弓

古序曰：《彤弓》，天子錫有功諸侯也。

說曰：朱子改爲「天子燕有功諸侯，錫以弓矢之樂歌」，謂錫弓矢，是也；謂燕，非也。燕與饗異。饗用大牢，爵盈而不飲，所以示恭儉也；燕則盡醉，爵行無算，所以示慈惠也。燕、饗皆用酒，而饗主于錫，以酒行禮，非行禮以飲酒也。《周語》：「王饗有體薦，燕有折俎。」公當饗，卿當燕，故燕或至夜，而饗行于朝。成禮而罷，故曰一朝饗之，《春秋傳》「鄭饗趙孟」。禮終乃燕，是饗終朝耳。諸侯有四夷功，天子錫彤弓，以表其武功。鄭康成謂使之專征伐，是桓文之假託，先王未之有也。禮樂征伐，自天子出，諸侯而專征伐，大亂之道也。以此傳經，誤天下後世，可勝言哉。

176　菁菁者莪

古序曰：《菁菁者莪》，樂育材也。毛公曰：君子能長育人材，則天下喜樂之矣。

説曰：朱子改爲「燕飲賓客之詩」，非也。按《王制》，鄉子弟入學，九年大成，曰秀士；升之司徒，曰選士；司徒論選士，升之大學，曰造士；大樂正論造士，進于王，曰進士；司馬論定而後官之，位定而後禄之。此先王所以樂育材也。詩以菁莪比，莪，蒿也，蒿生澤藪，香美可食，以爲薷，通于神明；以供樵，升臭于郊廟百祀，故以比賢材。蒿易長，俄然而成，故名莪。小曰莪，大曰蒿。諺云：「三月茵陳，四月蒿」，言易長也，故以比育材。莪本不生陵阿與水中，云在彼者，以比培植之厚也。錫百朋，錫貝也。貝文而澤，以比朋友相麗澤也。楊舟，楊木爲舟。楊之言陽，以比君子也。楊舟利涉，以比濟世也。

沈浮野水，虛舟待渡，以比賢士待用也。全詩取莪寓義，而苟無古序，即毛氏不知其所由作也。豈惟毛氏，雖仲尼亦不知其所由作也。雖降爲十五國風，又降爲「變風」，與青青子衿同改爲淫奔，皆可似也。故《詩》讀古序，乃見作者之志，亦可以知《詩》與聲，辭與志之辨矣，《序》烏可廢也！朱子于古序，斥爲無據，于比義復不理會，故以此詩爲燕飲賓客也，又何怪乎！

177 六月

古序曰：《六月》，宣王北伐也。毛公曰：《鹿鳴》廢，則和樂缺矣；《四牡》廢，則君臣缺矣；《皇皇者華》廢，則忠信缺矣；《常棣》廢，則兄第缺矣；《伐木》廢，則朋友缺矣；《天保》廢，則福禄缺矣；《采薇》廢，則征伐缺矣；《出車》廢，則功力缺矣；《杕杜》廢，則師衆缺矣；《魚麗》廢，則法度缺矣；《南陔》廢，則孝友缺矣；《白華》廢，則廉恥缺矣；《華黍》廢，則蓄積缺矣；《由庚》廢，則陰陽失其道理矣；《南有嘉魚》廢，則賢者不安，下不得其所矣；《崇丘》廢，則萬物不遂矣；《南山有臺》廢，則爲國之基墜矣；《由儀》廢，則萬物失其道理矣；《蓼蕭》廢，則恩澤乖矣；《湛露》廢，則萬國離矣；《彤弓》廢，則諸夏衰矣；《菁菁者莪》廢，則無禮儀矣。《小雅》盡廢，則四夷交侵，中國微矣。

説曰：按毛公所云，即孟子《詩》亡之意也。聖人删《詩》，以稽王道之興廢，垂法戒也，故《小雅・鹿鳴》以下諸詩，皆文、武、成周之盛，百度所以脩舉，世運所以興隆。而穆王以後，周道浸衰，典刑廢墜。至于厲王，頹敗極已，國人逐之，而死于彘。其子宣王，復修文武之政，焕然中興，故自此至《無羊》十四篇，皆宣王之詩也。此篇則美其命將北伐之功，皆所謂「變小雅」也。毛公序説，歷舉《鹿鳴》諸詩所由廢，一以見世道興衰之由，一以明聖人删《詩》正雅之義。故孟子曰：「《詩》亡，然後《春秋》作。」《詩》與《春秋》相終始，非徒爲聲樂而已。毛氏所以有功于《詩》也。

178 采芑

古序曰：《采芑》，宣王南征也。

説曰：此宣王命將南征，有功歸，而詩人歌之也。朱子改爲「軍行采芑而食，賦其事以起興」，非也。芑，嘉穀也。宣王中興，田野墾闢，于彼于此，餘糧棲畝。王師所過，隨處足食，無轉運齎持之勞，故以爲比。《朱傳》以芑爲苦蕒菜，軍士采而食之。按，詩託興而已。若軍法掠民間一草者有禁，豈真有踐民田，采芑菜之事乎？善説《詩》者，觀《采芑》《六月》，軍旅之事，思過半矣。《六月》，事勢張皇；《采芑》，氣象暇豫。蓋吉甫承頹敗之後，敵驕而兵惰，故其應變，不得不敏。及乎北虜既平，軍聲既振，中國氣勝，而方叔之再出也，則服命服，乘命車，從容運籌，而南蠻自奪氣矣。故吉甫薄伐，才兼文武；方叔元老，賤戰貴謀。著之篇什，豈徒以其辭而已乎！故曰：「《詩》可以觀，授之以政不達，雖多亦奚以爲。」

○按，世儒謂《春秋》夷楚，據是詩之言蠻荆耳。夫《禹貢》九州，荆居第六，則壤近中原。《江漢》《汝墳》，《二南》首善也，焉得比諸荒服？蠻夷荒服，環畿甸四面二千三百里外，皆得稱之，何獨南土耳？三代以前，帝都居北，故南土遠。今楚正當四宇之中，衡、嶽、五嶺以外，南連百粤、閩、廣。西南夷，古皆屬荆，故稱荆蠻，非謂荆盡蠻也。荆地半天下，王者南面失楚，如面牆。江介險阻，亂則先叛，是以商、周中興，先服楚也。若蠻夷也者，先王荒之而已，何以伐爲？《商頌》曰「維汝荆楚，居國南鄉」，言近也。是詩亦云「征伐玁狁，蠻荆來威」，言玁狁遠，而蠻與荆近，不得不征也。後儒解《春秋》，尊齊晋，爲擯楚之説，考之《詩》《書》，按之地里，本無稽。若云華戎錯居，何國蔑有，寧獨楚歟？餘詳《春秋》。

179 車攻

古序曰：《車攻》，宣王復古也。毛公曰：宣王能内修政事，外攘夷狄，復文王之竟土。脩車馬，備器械，復會諸侯於東都，因田獵而選車徒焉。

180 吉日

古序曰：《吉日》，美宣王田也。毛公曰：能慎微接下，無不自盡以奉其上焉。

説曰：天子日萬幾，而能留意于馬祖，是能謹微也。田獵非適意，獲禽享賓，恩接于下也。蒐狩以講武，先王之大禮也，可以覘軍實，可以觀人心，可以驗君德之好尚，可以察政事之綜理，故詩人美而歌之。

毛詩序説卷之四終

毛詩序説卷之五

鴻鴈之什

自《鴻鴈》至《無羊》，凡十篇。

181 鴻鴈

古序曰：《鴻鴈》，美宣王也。毛公曰：萬民離散，不安其居，而能勞來還定安集之，至于矜寡無不得其所焉。

説曰：朱子改爲「流民喜之而作」，非也。《小雅》自《鹿鳴》而下，至此二十餘篇，皆朝廷制作，不應忽采民謡一篇，雜入其中。以鴻鴈比者，鴻鴈來去無常，民亦罔常，故末章美而寓規。以爲流民自作，誤矣。

182 庭燎

古序曰：《庭燎》，美宣王也。毛公曰：因以箴之。

説曰：朱子改爲「王將起視朝，而問夜之辭」，非也。宣王豈真有夜半視朝之事乎？毛公所謂因以箴之云爾，蓋夜未半而起太早，亦非可繼之道。進鋭者退速，始勤者終怠，所以卒有姜后之諫也。詩人先見，而毛説有所據耳。

183 沔水

古序曰：《沔水》，規宣王也。

説曰：鄭氏曰：「以恩親正君曰規。規者，正圓之器。」五行東方爲規，主仁恩也，故《春秋傳》曰「近臣盡規」。王信讒遠諸侯，不敢直諫，而但呼其親戚朋友，念亂以感動王，故謂之規。朱子據詩中「邦人諸友」，改爲「民間相語」，非也。詩謂諸侯不朝，飛揚跋扈，不循道理；其一二守禮者，畏讒言之及，莫敢自必，故諷王遠讒，親諸侯，終大業也。水，無情之物，流則不定；隼，急疾之鳥，飛則不止，皆諸侯不朝之比也。

184 鶴鳴

古序曰：《鶴鳴》，誨宣王也。

説曰：《毛傳》「教王用賢」，是也。鳥高飛善鳴者，莫如鶴，以比賢人也。淵魚、園樹、山石，用賢之比也。○按序，《庭燎》美而因以箴。箴，鍼也，微刺之，其辭隱。《沔水》規。規，圓也，情動之，其辭悲。《鶴鳴》誨。誨，教也，詳説之，其辭核。古序精確如此，朱子必欲改作，何歟？自《彤弓》至此篇，朱改爲《彤弓之什》。

185 祈父

古序曰：《祈父》，刺宣王也。

說曰：朱子改爲「軍士怨久役而作」，謂未見其必爲宣王，非也。如必欲見其爲宣王，則詩明言敗績于姜戎，然後可。按《國語》，宣王三十九年，王師敗績于姜戎。料民于大原，兵不足，故發畿内之民從征。詩不敢斥王，而呼司馬。朱子遂以爲軍士語耳。

186 白駒

古序曰：《白駒》，大夫刺宣王也。

說曰：朱子改爲「留賢之詩」，非也。其留也以去，其去也以不用，《鶴鳴》之誨孤矣，故刺之，猶《王風》之《丘中有麻》也。馬五尺以上曰駒。白駒，比賢士貞潔也。苗藿，比好爵也。生芻，比獨善自養也。

187 黄鳥

古序曰:《黄鳥》,刺宣王也。

説曰:朱子改爲「民適異國,不得其所而作」,非也。民不得所,時政使然。詩人託爲民言以諷王耳。黄鳥好音,人所悦也。春陽始鳴,應節趣時,故爲遷居擇處之比。穀,惡木。桑,言喪也;栩,言虎也,皆失所之比。黄鳥性不穀食,比己不食此邦之食也。始以故鄉失所而來,今又以此邦失所而歸。故自託于黄鳥,非以黄鳥爲刺,刺病黄鳥者,與呼碩鼠異也。〇按,《二雅》皆朝廷獻納之詩,《小雅》此類,託民風以諷上,故謂《小雅》。若《大雅》專言君德,所以異也。

188 我行其野

古序曰:《我行其野》,刺宣王也。

説曰:朱子改爲「民適異國,依其昏姻而不見收卹,作此詩」,非也。民適異國,流離失所矣。依其昏姻而不見收卹,上所以教民睦姻任卹之行安在也?不能養,又不能教,中興之業衰矣,故謂之刺。凡《詩》刺,多即其人之事代言。誦其詩,知其政,而美刺寓焉，《春秋》之義蓋如此。

189 斯干

古序曰：《斯干》，宣王考室也。

説曰：朱子改爲：「築室成而燕飲以落之，不言誰室，豈謂是詩亦通用乎」，非也。《禮》：廟成，升屋刲羊，洒血以釁之。路寢成，則設盛食考成以落之。落，始也。始新，故多祝願之辭。

190 無羊

古序曰：《無羊》，宣王考牧也。

説曰：鄭氏曰：「厲王之世，物産彫耗，牧人廢職。宣王興復，故叙而歌之。」按《周禮》：「牧人掌六牲，而阜蕃其物。」六牲，謂馬、牛、羊、豕、犬、雞也。此獨言牛羊，舉祭享所常用者。

節南山之什

《節南山》至《巷伯》，凡十篇。

191 節南山

古序曰：《節南山》，家父刺幽王也。

説曰：朱子謂：「《春秋》魯桓公十五年，有家父來求車，是桓王之世，上距幽王終，已七十五年矣，不知其人同異。《序》之時世不足信。」此説非也。按周制，卿、大夫世官。尹氏、家父皆世卿也，子孫氏其先，如虞仲之後，亦稱虞仲之類。若疑此家父，即七十年後求車之家父，則《南山》不平之尹氏，亦即《常武》王謂之尹氏歟？

192 正月

古序曰：《正月》，大夫刺幽王也。

193 十月之交

古序曰：《十月之交》，大夫刺幽王也。

説曰：鄭康成以爲刺厲王，非也。艷妻之爲褒姒，與山川之崩竭，皆幽王事也。

194 雨無正

古序曰：《雨無正》，大夫刺幽王也。毛公曰：雨自上下者也，衆多如雨，而非所以爲政也。

說曰：朱子改爲「饑饉之後，羣臣離散。其不去者，作此詩以責去者」，非也。王朝設官，遇饑年輒引去，非必實有是事。《朱傳》據二章「正大夫離居」，卒章謂「爾遷于王都」立說，所謂「靡有孑遺，是周無遺民」者也。當時或偶有棄官去者，非必羣臣盡離散也。雨無正，猶言天失常也，託天災以刺時。天降饑饉，有罪無罪同死，即雨失其正也。忠邪不分，刑罰不中，政散人離，零亂如雨也。世儒疑不用詩辭命篇，有如《巷伯》《常武》《酌》《賚》《般》，豈盡詩辭也？而意象悠然。必求淺率易見，則高叟之爲詩矣。

195 小旻

古序曰：《小旻》，大夫刺幽王也。

說曰：朱子改爲「大夫以王惑于邪謀，不能斷以從善而作」，非也。詩人因王聽信羣小，故發謀猶之說。忠諫不用，是非淆亂，賢否倒置，即不善謀也。如《朱傳》所謂謀，則運籌畫策之謂矣。〇或謂：《小旻》與《小宛》《小弁》《小明》，皆以别其爲《小雅》得名也。夫《小雅》詩多矣，何獨别此四篇也？若是，則《大東》名《小東》正宜，反以大名，又何也？凡篇目皆作者自命。或太史記之，太師目之。未有《二雅》，先有篇目。如前説，是先有《小雅》，而後以此詩從之，非也。若謂《小旻》《小明》，爲别于《大雅·召旻》《大明》，則《小宛》《小弁》，又何别乎？或又曰：《大宛》《大弁》，夫子删之。然則《頌》有《小毖》，又焉得有《大毖》乎？皆猜説也。

196　小宛

古序曰：《小宛》，大夫刺幽王也。

説曰：朱子改爲「大夫遭亂，兄弟相戒以免禍之詩」，非也。按，幽王，宣王子也。宣王承厲、考之亂，發憤中興。幽王嗣立，忘先人幹蠱之功，故其辭曰：「我心憂傷，念昔先人。」夫婦所以共承先也。宣王有姜后之賢，納諫同心，是以中興。申后賢，而幽王黜之。《禮》：妻子和，則父母順。子事父母，雞初鳴，適父母舅姑所。而幽王夫婦乖離，故其辭曰：「明發不寐，有懷二人。」廢太子宜臼，而立伯服，故其辭曰：「教誨爾子，式穀似之。」宜臼奔申，申侯挾太子，召犬戎伐周，故其辭曰：「螟蛉有子，蜾蠃負之。」寵庶奪嫡，兄弟亂倫，故其辭曰：「題彼脊令，載飛載鳴。」首章，刺王無夫婦，而忘先祀。二章，刺酗酒喪儀，而身不修。三章、四章，刺其無父子兄弟之法，而家不齊。五章，刺其刑罰不中，而天下不治。六章，刺其大亂將至，而王不知懼也。禍起于夫婦，故以鳴鳩比。鳴鳩，即雎鳩，布穀也。鳩族惟雎鳩關關善鳴，而且高飛；他鳩鳴則不飛，飛亦不能戾天。《月令》「鳴鳩雌雄，以羽相拂」，他鳩則逐其婦，故《本草》云「食布穀，佩其骨，令夫婦和」，因以爲比也。苟幽王能如關雎，則無忝于先人矣。三章言菽，叔也，比君嗣也。中原，比見黜也。菽，豆霍也。豆，言鬬。霍，言護，《爾雅》「大山宮小山，霍」，太子在外之比。螟蛉之言伶仃，蜾蠃之爲毒螫，皆禍亂之比也。下篇以《小弁》繼之，其爲刺幽王甚明也。

197 小弁

古序曰：《小弁》，刺幽王也。毛公曰：太子之傅作焉。

說曰：朱子改爲「太子宜臼被廢而作」，非也。凡刺詩，託爲其人之言耳，不必真出其人之口也。毛公獨于此詩明之者，非謂《小弁》獨託，而他詩皆真也；以明子之于父無刺，而《小弁》之親親，非宜臼所及耳，故篇首以鷽斯比。鷽斯，鵯鳥也。鳥，孝鳥也，能反哺。鸒似烏而不知反哺，小而好羣飛。宜臼爲世子，依母歸申，以讐其父。《禮》云「知親而不知尊者，禽獸是也」，故託鸒斯以諷之，賢傳之言也。予幼受《朱傳》，竊疑平王與申侯殺父，而棄先祖累十世之業，孟子許以親親之仁，何也？謂《詩》可觀，觀《小弁》，則失之平王矣；謂《詩》道性情，《小弁》爲詩則親，而爲子則逆，何性情之與有？晚讀《毛傳》，頓釋此疑，益信毛公之于《詩》深矣。

198 巧言

古序曰：《巧言》，刺幽王也。毛公曰：大夫傷于讒，故作是詩也。

說曰：按《小弁》以下四篇，皆信讒之害。《小弁》害家，《巧言》害國，《何人斯》害朋友，故《巷伯》刺讒人，編什之序也。

199 何人斯

古序曰：《何人斯》，蘇公刺暴公也。毛公曰：暴公爲卿士，而譖蘇公焉，故蘇公作是詩以絶之。

說曰：朱子疑詩中言暴不言公，爲無據，非也。《詩》言微婉，未有刺其人而直斥之者也。讒口害人，踪跡詭秘。平生僚友，一朝反顔如路人。故屢言「彼何人斯」，爲窮詰之辭也。從行二人，究其推諉之奸也。逝梁不入，發其忸怩之情也。飄風鬼蜮，比其曖昧之私也。辭婉而意切矣。○予讀是詩，而益知性情之説矣。通篇非真有適梁過門之事，蓋比其艱險反側。欺君賊友，分誼已絶，而其言肫懇，傷往望來，有不忍遽絶之情焉，一何其厚也。豈必蘇公實有處讒不動之養乎？蓋《詩》之爲言也，長言之也；言不如此，不足以爲《詩》。人苟能以《詩》之言養性，則性定；以《詩》之義存心，則心安；以《詩》之氣處人，則人和；以《詩》之性情處變，則無所往而不自得，故曰「不學《詩》，無以言」。非謂據其詩，即觀其人性情之謂也。其人不必皆中和，其爲詩必無暴厲者矣。如執詩以徵人，則《三百篇》必皆周公之制作然後可。此孟子所謂高叟者矣。

200 巷伯

古序曰：《巷伯》，刺幽王也。毛公曰：寺人傷于讒，故作是詩也。

說曰：《詩》寺人，即巷伯也，宫中永巷之長，掌宫中之役，或奄人爲之。然受讒之事，不可考已，《朱傳》遂謂以讒被宫刑，何据乎？貝，水蟲也，其介五色如錦，生而成文，非造作也。萋，附麗也；斐，均錯也，皆織造之象。《禹貢》「厥篚織貝」，比無是事，而羅織如生成也。箕，東方蒼龍之宿也，秋夏見于南方。凡占星，皆于昏旦南中，故曰南箕。《天官書》「箕爲敖客，曰口舌」，凡四星東向，横張如口；東二星，大張如箕舌；西二星，微狹如箕踵哆口，微張之貌。侈則大張矣，以比因人之小過，而以口舌張大之也。

谷風之什

《谷風》至《信南山》，凡十篇。

201 谷風

古序曰：《谷風》，刺幽王也。毛公曰：天下俗薄，朋友道絶焉。

説曰：朱子改爲「朋友相怨之詩」，非也。谷風，東風。東爲君方，風自君出也。習之言俗也。風雨無常，以比朋友道乖也。《衛風》刺夫婦，意與此同。文、武道隆，《伐木》求友；幽王失德，《谷風》刺薄，所以屬雅。雅，政也，獻納之義。如謂民間朋友相怨而作，則當以屬風。王朝爲雅，邦國爲風。按，《小雅》短章疊詠，如此類，猶是風體，《大雅》

盡莊嚴大篇，亦大、小之別也。

202 蓼莪

古序曰：《蓼莪》，刺幽王也。毛公曰：民人勞苦，孝子不得終養爾。

說曰：朱子改謂：「民人勞苦自作」，非也。孝子行役，親死不得見，詩人託爲孝子之言，以諷王之不仁也。爲民父母，使民至此，所以爲刺。而幽王父子相賊，釀成驪山之禍。是詩爲之兆矣。

203 大東

古序曰：《大東》，刺亂也。毛公曰：東國困于役而傷于財，譚大夫作是詩以告病焉。

說曰：按，此亦幽、厲時詩，故稱西人，西京之人也。譚，東方國名，詩不及，而《序》云「譚大夫作」，必有所受之。

204 四月

古序曰：《四月》，大夫刺幽王也。毛公曰：在位貪殘，下國構禍，怨亂并興焉。

説曰：朱子改爲「遭亂自傷之辭」，非也。讀此詩者，想見四時愁慘，山川寥落，飛走動植，彫零殀札之象，何必斥王，乃謂爲刺乎？至末云「寧莫我有，維以告哀」，刺義曉然矣。

205 北山

古序曰：《北山》，大夫刺幽王也。毛公曰：役使不均，己勞於從事，而不得養其父母焉。

説曰：朱子改爲「大夫行役而作」，非也。爲行役者之言以刺王耳，説見《孟子》。北山，背陽之比。杞，苦菜，食苦之比也。

206 無將大車

古序曰：《無將大車》，大夫悔將小人也。

説曰：朱子改爲「行役勞苦憂思者之作」，非也。幽王之時，小人衆多，君子悔其共事，故《序》借將車以釋之。將，猶駕馭也。小車駕馬，大車駕牛。車行利輕而惡重，貴馬而賤牛，故以牛車爲小人負重之比也。始不察而誤用，至于困憊，誤國僨事，所以可憂。

朱子因篇次《北山》《小明》間，改爲行役而作，非也。

207 小明

古序曰：《小明》，大夫悔仕于亂世也。

說曰：朱子改爲「大夫久役而作」，非也。誦其辭，淒惋流涕，雖叙行役之苦，而多悔恨之情。各章念彼恭人，思自全之策。惟有恭慎，可化憂患爲景福，處亂世而獲安全，此其怨悔之意，甚明也。若但以爲行役而作，殊不盡作者之情。

208 鼓鍾

古序曰：《鼓鍾》，刺幽王也。

說曰：幽王東遊淮上，爲流連之樂，故詩人刺之。天子非巡狩不行，嘉樂不野合。西京去淮上甚遠，而久作樂于水濱，非先王之觀也。是役也，未必無朝會，而詩但言鼓鍾淮水，以諷其荒樂遠遊，無復先王修禮輯瑞，柴望祭告之典。與秦政、隋廣先後一轍，所以爲刺也。

209 楚茨

古序曰：《楚茨》，刺幽王也。毛公曰：政煩賦重，田萊多荒，饑饉降喪，民卒流亡，祭祀不饗，故君子思古焉。

説曰：朱子改爲「述公卿有田禄者，力于農事，以奉宗廟之祭而作」，非也。按，詩辭莊嚴典則，多贊頌之語，與下篇《信南山》《甫田》《大田》，皆諷幽王，而惟此篇首四語，思古傷今，餘但極稱古時和年豐，祭祀燕享，宛然身逢其盛，而銜恨于生今之世。意在言外。《豳風·七月》周公遭亂述古，以諷成王，意與此類。若以爲公卿奉祭之詩，則《七月》亦周公燕饗之詩可也。蓋農事者，國之根本；祭祀者，國之大事。《洪範》以農政繼五行，《周官》以三農先九職，《洛誥》以明農序正父。自后稷肇祀，不窋失業，公劉、古公疆理力田，以拓丕基。子孫守先訓，力農奉祀，遂以此占國運之興衰。是以后稷配天，而作《生民》；文、武功成，而頌《思文》；二叔不才，乃詠《七月》；幽王死，宗周滅，乃有《楚茨》《大田》；平王東遷，九廟隳，乃歌《黍離》，皆推本農事，不忘先業也。《無逸》一書，極言稼穡艱難，與先代勤民之主，以戒成王。《楚茨》諸詩，歷序古曾孫稼穡，祭祀禮樂，壽考福禄，以諷幽王。《詩》《書》獻納同也。今以爲公卿力田奉祭，與雅何涉？降而爲國風，可矣。

210 信南山

古序曰：《信南山》，刺幽王也。毛公曰：不能修成王之業，疆理天下，以奉禹功，故君子思古焉。

說曰：朱子改爲「公卿力田奉祭之詩」，又曰「曾孫，古者事神之稱，《序》以爲成王，陋矣」，非也。蓋周以農事開國，雖不始于成王而疆理天下，宅土中，分九服，盡東南之地爲則壤，實自成王始耳。如《詩》《書》周公之《七月》《無逸》，召公之《篤公劉》，皆以農事輔導成王，故《序》以曾孫爲成王也。雖事神之通稱，實莫大乎天子。《記》曰「稱曾孫，謂國家也」，故武王自稱有道曾孫。在諸侯，如《狸首》之曾孫侯氏，《春秋傳》之曾孫蒯聵，《周禮·考工記》之祝侯曰：「詒女曾孫，諸侯百福。」自諸侯以下，禮卑名小而分輕，不足舉矣。其曰「維禹甸之」者，思古傷今，猶前篇「自昔何爲」之意，亦王者事也。詩凡四詠禹功：豐水東注，詠武王。奕奕梁山，美宣王。天命多辟，美商王。此篇諷幽王，如以爲美公卿，其辭不倫。其曰「南東其畝」者，槩率土而言也。周京偏據西北。天地之勢，西北高而東南下，故其田之膏沃，與疆理之功，莫遠于南而極于東。文王化行，亦止征，至于海隅，奄徐淮揚之土，始歸版圖，故曰「南東其畝」。如以爲公卿之詩，義不及此。

甫田之什

《甫田》至《賓之初筵》，凡十篇。

211 甫田

古序曰：《甫田》，刺幽王也。毛公曰：君子傷今而思古焉。

説曰：朱子改爲「祭方社田祖之詩」，非也。首章傷今之意宛然，思昔曾孫能繼古人，傷今人不能繼曾孫也。凡《詩》諷刺微婉，此篇與《楚茨》《信南山》皆見之首章，《大田》見之三章，使誦者罔覺，所以爲主文而譎諫也。

212 大田

古序曰：《大田》，刺幽王也。毛公曰：言矜寡不能自存焉。

説曰：朱子改爲「農夫答甫田」，非也。公卿祭方社，與農夫何預，而詩以答之？毛公矜寡之説，正詩人刺王之志，見于第三章。幽王之時，田野荒蕪，人民離散，犬戎蠶食，漸逼豐、鎬，不數年而宗廟化爲黍離。此《大田》諸詩所由作也。哿矣富人，哀此矜寡，是之謂不能自存焉爾。

213 瞻彼洛矣

古序曰：《瞻彼洛矣》，刺幽王也。毛公曰：思古明王能爵命諸侯，賞善罰惡焉。

説曰：朱子改爲「天子會諸侯于東都講武，而諸侯美天子之詩」，非也。各章首二句，悽然有河山今昔之感，與淮水同其慨歎，其爲刺幽王甚明也。昔周公營洛都，朝會巡狩，以明賞罰，故作《立政》曰：「文子文孫，其克詰戎兵。」以陟禹之迹，方行天下，至于海表，罔有不服。成、康既没，周道寖衰，久曠盛典。宣王中興復古，詩人有《車攻》之頌。幽王嗣服，荒于酒色，嫡庶不正，父子相傾，賞罰僭濫，武備不修，會同遂廢，故詩人觀洛水而追思先烈也。天下雖安，忘戰必危。以周京密邇西戎，故諷以作六師，慮其有夷狄之禍也。保家室，寓太子、申后之事也。保家邦，知西周之將亡也。君子至止，諷以朝會也。福禄，諷以賞善也。𩓾服佩刀，諷以罰惡也。《序》説備矣。自此以下四篇，思古情迫，言華而旨悴；畏禍之深，主文而譎諫，故言之者無罪。嗟夫，聲音之道，與政通矣。秦風之將興也，變而之雅；周雅之將亡也，變而似風。誦者當自得之。

214 裳裳者華

古序曰：《裳裳者華》，刺幽王也。毛公曰：古之仕者世禄。小人在位，則讒諂并進，棄賢者之類，絶功臣之世焉。

説曰：朱子改爲「天子美諸侯之辭，以答《瞻彼洛矣》」，非也。按，《序》謂勳舊子弟賢，而王不能用耳。昔周公之訓曰：「故舊無大故，不棄也。」子孫賢則世官，不賢則世禄，周道也。幽王之世，女謁内煽，皇父家伯羣小蔽賢。而耆舊如家父、芮伯、凡伯諸君子，皆不得進用。世家子孫，或有爲人所傾服，而不得譽處，有文章而不得福慶，有車馬而不得顯用。小人在位，奪功臣之禄，棄賢者之後。故末章追頌先臣功德，似穀其子孫，而諷王所用之非人也。裳，常棣也，其華同蕚，故比兄弟世族。非親非族，鮮有以常棣比者矣。棣華先葉，首言葉湑，則華落矣，故爲有賢無譽處之比。棣華色白，次言芸黄，則色變矣，故爲有文章無福慶之比。三言或黄或白，華尚有存者，故爲有車馬無禄位之比。世族彫謝，所以謂之棄類絶世也。

215 桑扈

古序曰：《桑扈》，刺幽王也。毛公曰：君臣上下，動無禮文焉。

説曰：朱子改爲「天子燕諸侯之詩」，非也。幽王沈湎于酒，比昵羣小，上下之間，無復儀文，故詩人刺之。桑扈，小鳥也，一名竊脂，貪饕無行之比也。然其羽毛，猶有文章可觀。人而無禮儀，則穿窬之不如。桑扈，喪失扈從之比也。

216 鴛鴦

古序曰：《鴛鴦》，刺幽王也。毛公曰：思古明王，交于萬物有道，自奉養有節焉。

説曰：朱子改爲「諸侯答《桑扈》」，非也。古先聖王仁民之餘，澤及于萬物，取之不傷其類，用之不過其節。飛鳥不喪羣，廐馬不食粟，《騶虞》所以歌王仁，而《魚麗》所以美富有也。幽王暴虐，水陸飛潛，無不盡取。殺胎覆巢，鳥亂于上。剥膚取之，而刈菅用之。民窮財盡，是以大亂。故詩人思古明王，而託鳥獸以比也。毛云「交于萬物」者，釋鴛鴦之義。鴛鴦，交匹之鳥也，飛栖必雙。聖王愛物，不忍殘其偶，故以爲比。于飛，不弋宿也。畢羅，小綱，不盡取也。在梁戢翼，若其性也；廐馬秣摧，食以時也。取之有道，則飛鳥不失羣；用之有節，則廄馬不妄費。爲盛世之鳥獸猶得所，而況于民乎？萬年福禄，頌古明王之辭。所思者遠，而所悲者深，是以爲刺。〇按《風》《雅》之序，皆始于治，中于亂，終于思治，故《風》終《豳》，《小雅》終《楚茨》以下，《大雅》終《江漢》《常武》焉。

217 頍弁

古序曰：《頍弁》，諸公刺幽王也。毛公曰：暴戾無親，不能宴樂同姓，親睦九族，孤危將亡，故作是詩也。

説曰：朱子改爲「燕兄弟親戚之詩」，非也。幽王驪山之禍將作矣，與羣小日沈酗于酒，親族疎遠，無由得關其忠。文、武盛世，《鹿鳴》樂嘉賓，《伐木》宴朋友，故忠言上聞。幽王以兄弟爲路人，危亡已至，而深宫之飲不休，詩人因借飲酒致願見之情，非爲酒也。末動以危言曰：「樂酒今夕，君子維宴。」如後世敵兵四合，而帳中夜飲，亡國之慘，千古一轍。李白〔一〕所謂「東方漸高奈樂何」者也。長歌可以代泣，其《頍弁》之謂乎？

〔一〕李白，原爲杜甫。李白《烏棲曲》：姑蘇臺上烏棲時，吴王宫裏醉西施。吴歌楚舞歡未畢，青山欲銜半邊日。銀箭金壺漏水多，起看秋月墜江波。東方漸高奈樂何！（《李太白全集》卷三）

218 車舝

古序曰：《車舝》，大夫刺幽王也。毛公曰：褒姒嫉妬，無道并進，讒巧敗國，德澤不加於民。周人思得賢女以配君子，故作是詩也。

說曰：朱子改爲「燕樂新婚之詩」，非也。《雅》詩皆君德時政，新婚之歌，何緣得入？其曰「高山仰止，景行行止」，明廷之法言，非房中之艷曲也。是時褒姒專暱，忠諫無路，詩人思得賢媛以爲内助，猶《陳風·東門之池》思淑姬也。車舝以比民勞，無好友無德，以諷幽王之不淑也。《禮》：王后車服飾以翟。翟善雊者曰鷮。平林集鷮，褒姒淫暱之比也。無旨酒、無嘉餚，宫中沈湎之比也。高岡柞薪，淫女據中宫之比也。高山景行，淑女母儀天下之比也。

219 青蠅

古序曰：《青蠅》，大夫刺幽王也。

220 賓之初筵

古序曰：《賓之初筵》，衛武公刺時也。毛公曰：幽王荒廢，媟近小人，飲酒無度，天下化之，君臣上下沈湎淫液，武公既入而作是詩也。

說曰：朱子改爲「衛武公飲酒悔過而作」，非也。王朝有雅，侯國有風。諸侯飲酒自悔，宜與《衛風·淇奧》伍；今在雅，則王朝獻納之辭矣。昔康叔封衛，周公述武王之意作《酒誥》。此詩亦以申揚祖訓，欲幽王念武王、思周公也。夫子删《詩》存此，與《書》存《酒誥》正同，所以爲雅也。《序》云刺時者，武公之時，即幽王之時也。武公爲王卿士，不敢斥言刺王，譎諫之義也。

魚藻之什

此什終篇，故十有四。

221 魚藻

古序曰：《魚藻》，刺幽王也。毛公曰：言萬物失其性，王居鎬京，將不能以自樂，故君子思古之武王焉。

說曰：朱子改爲「天子燕諸侯，而諸侯美天子之詩」，非也。本刺幽王逸樂，不恤其民，而毛云「思武王」者，以詩有鎬京云爾。此類朱子詆爲陋，而毛之得解正惟此。蓋既云在鎬，則雖謂之思武王也，亦可也。言《詩》不以辭而以志，宜如此。

222 采菽

古序曰：《采菽》，刺幽王也。毛公曰：侮慢諸侯，諸侯來朝，不能錫命以禮，數徵會之而無信義，君子見微而思古焉。

說曰：朱子改爲「天子答《魚藻》」，非也。《蓼蕭》《湛露》，先王所以親諸侯，《雅》之正也。《采菽》《菀柳》，幽王所以失諸侯，《雅》之變也。如朱說，則正變淆亂矣。菽，藿，藿之言護也，故「大山宫小山曰霍」，爲諸侯藩王室之比也。泉水毖流則安。觱沸者，陵暴之比。排突而出曰檻。水激則不生物矣。芾之言勤也，勤王之比也。赤芾在股，不蔽其足也。邪幅在下，露其行縢也。無委佩之度，傲慢之比也。柞，惡木，可薪，非棟隆之材也。蓬蓬葉亂，以比無禮也。楊木輕，舟浮，而維之以繩，比流散也。各章詠古以諷今。蓋天子所與共奠天下者惟諸侯，先王爲之侑饗以賓之，朝覲以會之，衣服車馬以庸之。諸侯親，則屏翰固，而天子尊。故首章思先王錫予之隆，二章思先世來朝之儀，三章思來朝之恭敬，四章思從行者之有禮，五章思昔人心驩悦。今幽王恩禮衰薄，諸侯不朝。朝者亦憤懣不平，無勤王之忠，所以爲刺也。爲艷后一笑，而舉火以戲諸侯。末年犬戎之難，諸侯不赴，而西周遂亡。詩人先見，《序》所謂見微思古也。

223 角弓

古序曰：《角弓》，父兄刺幽王也。毛公曰：不親九族而好讒佞，骨肉相怨，故作是詩也。

說曰：詠親親而以角弓比，所以爲刺。騂，赤色。彤弓，周人所尚，以比貴戚也。角，觸也，以比不睦也。弓，屈彊之物，以比幽王驕亢也。

224 菀柳

古序曰：《菀柳》，刺幽王也。毛公曰：暴虐無親，而刑罰不中，諸侯皆不欲朝，言王者之不可朝事也。

說曰：楊之垂者曰柳。柳，僂也，柔脆之木。喪車亦曰柳，日西亦曰柳，昧谷謂之柳谷，蓋頹敗喪亡之比也。鳥飛雖高，不能附天。《易·小過》之《象》曰「剛失位而不中，不可以大事」，有飛鳥之象，亦謂君子行過乎恭也。

225 都人士

古序曰：《都人士》，周人刺衣服無常也。毛公曰：古者長民，衣服不貳[一]，從容有常，以齊其民，則民德歸壹，傷今不復見古人也。

說曰：朱子改爲「亂離之後，人不復見昔日都邑之盛，人物儀容之美而作」，非也。衣服者，身之章。先王所以齊民俗，辨等威，莫先于衣服。王京八方人萃，習尚易雜，明主端好素履，則邦畿首善，貴家大族，不敢競浮華以傷雅道，四方所以取正也。幽、厲奢侈，都人化之，士女游冶，膏首袨服，如後世高髻大袖之謂服妖，詩人所以興刺也。夫帝王不易民而化，上好則下甚。文、武之豐鎬，既有《周南》；幽、厲之豐鎬，焉可無此篇乎，所以存《都人士》也。

226 采緑

古序曰：《采緑》，刺怨曠也。毛公曰：幽王之時，多怨曠者也。

[一] 貳，原爲二，據《毛詩原解》改。

説曰：朱子改爲「婦人思其君子之詩」，非也。幽王使人不以道，詩人託閨怨以刺之。人情者，聖王之田。男女居室，人之大欲。古者用民之力，歲不過三日。新昏三月不從政，恤其私也。今使其室家睽離，匹婦銜怨，故聖人録是詩，以明王道本乎人情耳。緑與藍，皆色也，爲女子事人之比。緑、菉通，其草濯礪，可滌笄櫛；藍可染布帛，皆婦人所用。五月刈藍，紀時也。

227 黍苗

古序曰：《黍苗》，刺幽王也。毛公曰：不能膏潤天下，卿士不能行召伯之職焉。

説曰：朱子改爲「宣王封申伯于謝，命召穆公往營城邑，將徒役南行，行者作此詩」，非也。按詩「任輦車牛」，營繕之事；「徒御師旅」，則征戰之事也。「肅肅謝功」，營謝之功；「烈烈征師」，則平淮之師也。此詩兼營謝與伐淮二役，追思先王、召虎君臣，以刺幽王不能繼先業也。獨謂營謝之卒自作，誤矣。

228 隰桑

古序曰：《隰桑》，刺幽王也。毛公曰：小人在位，君子在野，思見君子，盡心以事之。

說曰：朱子改爲「喜見君子之詩」，非也。又曰：「辭意大槩與《菁莪》相類」，尤非也。《詩》苟不逆其志，但據文辭相類，即《二南》之辭，有類《鄭》《衛》者矣。奈何不以此詩爲喜見君子之詩乎？末章未見之情宛然，何爲喜見？幽王無道，君子在野，故以桑爲比。桑，喪也。桑可爲衣，喪其衣德也。隰，下濕，比賢者處側陋也。

229 白華

古序曰：《白華》，周人刺幽后也。毛公曰：幽王取申女以爲后，又得褒姒而黜申后，故下國化之，以妾爲妻，以孽代宗，而王弗能治，周人爲之作是詩也。

說曰：朱子改爲「申后被黜而作」，猶以《小弁》爲宜臼自作，皆非也。周人代爲申后言，以刺幽王耳。予幼受《朱傳》，疑申后能爲《白華》之忠厚，胡不能戢父兄之逆謀；宜臼能爲《小弁》之親愛，胡乃預驪山之大惡？讀古序，始知二詩爲託刺，故《序》不可易也。然不曰刺幽王，而曰刺幽后，何也？幽后，褒姒也。幽王之黜申后也，以褒姒，故刺幽后，即刺幽王也。王爲幽王，則姒爲幽后也，言約而該矣。朱子謂幽后字誤，非也。菅茅白華，喪祭用之，比嫡后清潔，共承先祀也。雲無心，水無情。桑，衣所出；鼓鍾，風聲也；

鶖鶴，嫡妾貴賤也；鴛鴦，夫婦也；扁石，妾卑也，皆所以比。

230 緜蠻

古序曰：《緜蠻》，微臣刺亂也。毛公曰：大臣不用仁心，遺忘微賤，不肯飲食教載之，故作是詩也。

説曰：朱子改爲「微賤勞苦者，託爲鳥言」，非也；謂詩中未有刺大臣意，亦非也。行有後車，能飲人、能食人，非大臣而何乎？又謂《序》言褊狹，無温柔敦厚之意。夫温柔敦厚以求《詩》，非以求《序》也。《詩》不可盡言，《序》則不可以不盡言也。《詩》不敢直愬而自託于鳥，不敢辭勞而但告哀于人。黄鳥睍睆，應節趣時，人所喜悦，故以爲比也。志苦而辭卑，乃所以爲温柔敦厚之至也。又謂全詩皆鳥言，「緜蠻」二字爲鳥聲，直貫全篇，尤不成文理矣。

231 瓠葉

古序曰：《瓠葉》，大夫刺幽王也。毛公曰：上棄禮而不能行，雖有牲牢饔餼，不肯用也，故思古之人，不以微薄廢禮焉。

說曰：朱子改爲「燕飲之詩」，非也。古明王親賢好士，日與羣臣嘉賓，接慇勤之歡。物薄而禮勤，會數而情厚。士君子日親，則深宫長夜之娱自損。觀《頍弁》《賓筵》《魚藻》諸詩，而知幽王日荒于酒也，羣臣宗族，罕得進見，故詩人託興瓠葉以訓恭儉。瓠賤而葉，兔小而首，至薄也。牲牢饔餼不用，而取其至薄，善誘之意也。王且不能行，所以廢禮也。「變雅」至此，周室將亡矣。朱子猶以爲燕飲之詩，則《三百篇》次第皆錯亂而不可讀已。

232 漸漸之石

古序曰：《漸漸之石》，下國刺幽王也。毛公曰：戎狄叛之，荆舒不至，乃命將率東征，役久病于外，故作是詩也。

說曰：朱子改爲「將帥出征，經歷險遠，不堪勞苦而作」，用《序》之義而不本其事，則作者之志茫無棲泊，豈删定之義歟？漸石，危險之比也。周在西，荆舒在東，故曰悠遠也。豕蒸涉波，東南江海之景也。豕，江豬也，《易·中孚》所謂「豚魚」，風至則羣起波面，蹢躅然，見其腹白，故曰白蹢，風之徵也。月離畢，雨之徵也。畢，北方玄武之宿也，八星，形如有柄小網，故曰畢。主邊兵，亦謂之雨師。月，陰精也，主水，行畢度則多雨。

風雨則失天時，險遠則失地利，久役則失人和。君不仁而好戰，亡可立待矣。《漸漸之石》以下三詩，淒愴哀颯，亡國之音也。

233 苕之華

古序曰：《苕之華》，大夫閔時也。毛公曰：幽王之時，西戎、東夷交侵中國，師旅并起，因之以飢饉。君子閔周室之將亡，傷己逢之，故作是詩也。

234 何草不黄

古序曰：《何草不黄》，下國刺幽王也。毛公曰：四夷交侵，中國背叛，用兵不息，視民如禽獸。君子憂之，故作是詩也。

説曰：子云：「天下有道，則庶人不議。」此詩與《漸漸之石》，《序》皆云「下國興刺」，則舉世非之矣。怨悱淒惋，辭窮志竭，無復含容之意。與《大雅·瞻卬》《召旻》同其迫促，所以終《二雅》，爲亡國之情也。據古序，聖人删定之義井然。如《朱傳》之紛紛，則顛倒錯亂甚矣。天地間，物之至微易生，莫如草。無草，則不毛之地，故以草玄黄比也。苕華色赤，周之所尚也。玄黄，赤色之變也，《易》曰「龍戰于野，其血玄黄」，《坤》之六五，地道窮也。《小雅》始于咸亨，終于道窮，故《詩》義在比，與興非有二也。

毛詩序説卷之五終

毛詩序説卷之六

大雅

文王之什

自《文王》至《文王有聲》凡十篇。内《文王》至《靈臺》八篇，爲文王詩；《下武》《文王有聲》二篇，爲武王詩。

235 文王

古序曰：《文王》，文王受命作周也。

説曰：朱子改謂：「周公追述文王之德，以戒成王。」按古序，《文王》以下諸詩，俱未言何人作，惟《吕氏春秋》引此，以爲周公之詩。今味其辭旨，精融醇粹，奉揚先德以示後人，而夫子删定，以此首《大雅》，真周公之制作也。大抵《二雅》皆朝廷之事，《小雅》多言政事，諷規主于和；《大雅》多言君德，弼直于主敬。故《小雅》未遠于《風》，而《大雅》寖近于《頌》。要其所言，皆朝廷得失，君道盛衰，非爲聲音而已也。朱子于《鹿鳴》以下諸詩，改爲樂歌，而《國語》以《文王》《大明》《綿》爲兩君相見之樂，然三詩實非爲兩君相見而作也。夫子豈爲兩君相見，首録是詩乎？凡詩之作，各有所本。用之歌樂，存乎人。知三詩不可爲兩君相見之樂，則知《鹿鳴》諸詩，亦不可改爲通用之歌矣。○先儒謂文王末年受命稱王，與謂周公殺管叔，其謬同也。今觀《大雅》諸詩，頌文德無以復加，敬止緝熙，小心翼翼，不已不回，純之至也，能人所不能，故孔子稱其三分有二以服事殷，與泰伯三讓同歸至德。苟文王先稱王，則武王何以獨謂之未盡善也？故曰：文王之德之純。周公謂「文王我師」；孔子謂「文王没，文在兹」，故删《書》首《堯》《舜》，而删《詩》首《文王》；孟子謂「舜、文先後同揆」。觀《詩》《書》垂訓，聖人之意遠矣。

236 大明

古序曰：《大明》，文王有明德，故天復命武王也。

說曰：按，此詩二章、三章，言文王有明德而天命之；四章以後，言武王有明德而天復命之。父子相繼，二聖濟美，功高德顯，故曰大明。《序》于文王言明德，不言天命；于武王言天命，不言明德，互見也。蓋周之命，文王以至德凝結之，而武王纘承之。文王宜王而不王，天與之而固讓，所以爲至德。而天眷愈篤，施及武王，豈能終辭？此周有天下非驟致，而《序》言精確矣。

237 緜

古序曰：《緜》，文王之興，本由大王也。

說曰：此詩詠大王始遷岐山，人心歸附，肇基王迹，而文王因之，以受天命也。

238 棫樸

古序曰：《棫樸》，文王能官人也。

說曰：朱子改爲「詠歌文王之德」，非也。《記》曰：「人官有能，物曲有利。」養之能盡其材，故取之能備其官；官之能當其人，故用之能得其力。能官人而治道畢矣。文王聖德，在位五十年，培植薰育久，兔罝野人，皆爲干城，用不乏人。而文王亹亹純一，區別程量，總攬羣英，綱紀不倦，如六轡御馬，無不調其適而盡其材，故曰能官人也。國之大事，惟祀與戎。薪槱，祭祀之材也。《禮》：煙祀天帝，柴祀日月星辰，槱燎祀羣神。《月令》「季冬，取秩薪柴，供郊廟百神之薪燎」是也。周人尚臭燔柴，禮之大者，故以比育材。祭始迎尸入，王以圭瓚酌鬱鬯祼尸，諸臣酌璋瓚助之。故次章言祭祀，三章言軍旅，二者以人心爲本。恆情協共，莫如同舟，涇舟以比共濟。天文莫大于雲漢，物華莫美于金玉，人工莫精于追琢，皆以比聖德，經緯人文也。

239 旱麓

古序曰：《旱麓》，受祖也。毛公曰：周之先祖，世脩后稷、公劉之業。大王、王季申以百福干禄焉。

説曰：朱子改爲「詠歌文王之德」，非也。孔子曰：「無憂者，其唯文王乎？」文王以聖德承祖考纂隆之業，可以王而不王，小心柔恭，養和平之福，以啓後人，故曰「豈弟君子」「干禄豈弟」，詩人可謂善頌。而古序曰「受祖」，其義深切矣。毛公發明其義。箋疏誤以詩中君子即太王、王季，朱子因詆《序》説爲謬，皆未深究其旨耳。《文王》以下諸詩，雖皆詠文德，而事各不同。首篇言代商之事，故《序》曰作周；次篇言文武之生，故《序》曰文王有德，復命武王；三篇言遷岐，故《序》曰興由大王；四篇言左右諸臣，故《序》曰能官人；五篇言祀神干禄降福，故《序》曰受祖。毛氏以受祖義未明，歷數祖德，而于太王、王季，借詩中福禄語，以推重其功德，見文王凝承祖德者厚，非以此詩爲詠太王、王季作也。箋疏之誤，併以累《序》，故讀《詩》難，讀《序》亦不易。《詩》言志，《序》即志也。不達受祖之義，泛觀福禄，有何義理？何以見周家之盛？何以知文業所由隆？如謂詠文德，則自《文王》以下八篇，一序足矣，其能免于鶻突乎？以旱麓、榛楛比者，子孫承先，猶物承天，旱則草木望澤，而生于山足者，得潤厚，故爲君子干禄之比。榛可以供籩，楛可以爲矢，文武之材，以比聖德。周自王季，當商帝乙之世，受命爲西伯，賜圭瓚秬鬯，故次章有圭瓚黄流之比。鳶飛魚躍，自然無心，比文王至德無憂。承前裕後，仁敬孝慈，培養一代元命，所謂干禄豈弟者，正此也。「清酒」以下三章，孝祀先公先王而獲福。清酒、騂牡，祭祀之物；柞棫，薪槱之用；葛藟條枚，比福禄固結，皆所謂受祖也。而《序》獨舉后稷、公劉、大王、王季者，后稷周之始，公劉豳之始，大王岐之始，王季則其父也。文王之世，以是爲四親。《序》舉其功德最著者耳。

240 思齊

古序曰：《思齊》，文王所以聖也。

説曰：朱子改爲「歌文王之德」，而以首章詠母妻，爲文王所以聖，非也。夫母聖妻賢，聖人之遇，而其所以聖，姑不在此。無射者，乃其所以聖也。無射則純，純不已，文王之所以爲文也。蓋人心之德，主于敬而達于和。敬則禮恆恭，和則仁恆愛。仁禮存心，致愛致敬，純一不已者，聖人所以脩齊治平，消憂弭患，存神過化之道也。《二南》之化，始于宮幃，孚于祖考，達于家邦。故首章言母妻之賢，和敬藹于閨門，而培植者深也。二章言宗公之惠，和敬孚于鬼神，而感通者遠也。三章言德純雝肅，遭大難而不變。四章言功妙神化，開來學而作人。此孰非造端于齊媚之徽音，而醖釀于雝肅之無射者。故論文德之純，莫如《思齊》，此《序》謂之所以聖也。孟子云：「君子以仁存心，以禮存心」，「有終身之憂，而無一朝之患」，法天下，傳後世者，此之謂也。

241 皇矣

古序曰：《皇矣》，美周也。毛公曰：天監代殷，莫若周。周世世脩德，莫若文王。

242 靈臺

古序曰：《靈臺》，民始附也。毛公曰：文王受命，而民樂其有靈德，以及鳥獸昆蟲焉。

說曰：朱子改爲「民樂文王之詩」，非也。周自后稷、公劉、大王、王季，世世積德，千有餘年。而文王勤勞，日昃不暇食，至是始有園囿、臺池、鐘鼓，而後民歡樂之。創業若此其囏，而得民若此其未易也。詩人作是詩，以見文王造周功成。蓋民樂而後君樂，民樂君之樂，而後見民樂，文王所以稍釋如傷之憂也。雖民心歸周，非自今始，而文王求寧，今始觀成，故《序》曰「民始附也」。善乎，知文王者也。如徒以園囿、鐘鼓耳，文王豈荒樂者哉？凡古序皆寓法戒，明聖人删定之旨。朱子謂文王作靈臺時，民歸周已久，亦高叟之言《詩》矣。

243 下武

古序曰：《下武》，繼文也。毛公曰：武王有聖德，復受天命，能昭先人之功焉。

說曰：朱子改爲「美武王能纘太王、王季、文王之緒，而有天下」，非也。按，此詩稱武王，而有天下，以文德，不以武功，故篇中不及伐商，而但言其仁信孝順，反復揄揚。故《序》曰「繼文」，言繼先王文德也。後篇曰「繼伐」，言繼文王武功也。又前篇文王之《雅》畢，此篇始武王，亦繼文之義也。古序極精密，朱子以篇中有「成王」字，疑是康王以後詩，固矣。

244 文王有聲

古序曰：《文王有聲》，繼伐也。毛公曰：武王能廣文王之聲，卒其伐功也。

説曰：朱子改爲「詠文王遷豐，武王遷鎬之事」，非也。本誦文、武伐崇、革商之功，不獨爲遷國耳。蓋周道親親，禮先繼述，其事莫大于文、武。文王繼先，而武王繼文。詩首尾四章稱文、武者，文始之，武終之也。中四章稱王后、皇王者，諸侯而爲天子也。文王伐崇作豐而王業始，武王伐商作鎬而王業成。文王求寧觀成，以始武也；武王燕子詒孫，以終文也，故曰繼伐。○自此以上十篇，皆文、武之詩。朱子因詩中多稱文、武，疑《譜》不足據。夫文、武之《雅》，非即作于文、武之時。後人追贊祖德，故皆稱謚也。

生民之什

自此至《板》，凡十篇。内《卷阿》以上八篇，成王時詩。《民勞》以下終《蕩之什》，皆「變雅」也。

245 生民

古序曰：《生民》，尊祖也。毛公曰：后稷生於姜嫄，文、武之功起於后稷，故推以配天焉。

說曰：此詩周公相成王制禮樂，推后稷配天，叙其功德之隆，見配饗之宜，非祭祀之樂歌。樂歌則《周頌·思文》也。

246 行葦

古序曰：《行葦》，忠厚也。毛公曰：周家忠厚，仁及草木，故能内睦九族，外尊事黄耇，養老乞言，以成其福禄焉。

說曰：朱子改爲「祭畢而燕父兄耆老之詩」，謂《序》不知比興之體，與全詩本義，但見「勿踐行葦」，便謂仁及草木；但見「慼慼兄弟」，便謂睦九族；但見「黄耇」，便謂養老；但見「祈黄耇」，便謂乞言；但見「介爾景福」，便謂成福禄，隨文生意，無復倫理。此説非也。蓋古序惟首一句而已，毛公撿括《詩》中之語，發明首句忠厚之意。詩雖不主仁及草木，而以行葦比，則草木也。雖未嘗專爲養老乞言，而已有優高年、領教誨之意，推廣而言，未爲不可。《六經》唯《詩》言可旁通。性情之旨，悠緩含蓄，與他文字根株不移者殊科。毛氏深得其解，而古序簡約。周道親親，故但曰忠厚云爾。如《朱傳》燕父兄耆老，詩中已具矣，反成贅語。其以行葦比者，古路在井間，旁近溝洫，多生蘆葦，牛羊往來踐踏，故以爲比。朱子誤以爲無義之興，非《序》之咎也。

247 既醉

古序曰：《既醉》，太平也。毛公曰：醉酒飽德，人有士君子之行焉。

説曰：朱子改爲「父兄答《行葦》」，非也。成王之世，周道綦隆，朝野安寧。祭祀以時，燕饗以禮。君臣相悦，臣子願君昭明其德，景福萬年，室家咸宜，胤祚永昌，所以爲太平，祝頌而寓箴規也。然詩實因祭祀燕飲作，而《序》不及，何也？「正大雅」與「正小雅」異。「正小雅」記先王善政，「正大雅」表先王君德。故《小雅》序事，《大雅》序義。詩言醉飽，即燕飲；言尸告，即祭祀。故《序》不復贅，但約其義。而毛公以明良相悦，濟濟多士，釋太平之義，亦不及祭祀獲福者，詩志不主祭祀也。朱子謂爲《孟子》斷章所誤，過矣。蓋忠厚莫先于親親，故有《行葦》；太平莫樂于燕飲，故有《既醉》；守成莫重于宗廟，故有《鳧鷖》。《序》各有攸當也。

248 鳧鷖

古序曰：《鳧鷖》，守成也。毛公曰：大平之君子，能持盈守成，神祇祖考安樂之也。

說曰：朱子改爲「祭之明日，繹而賓尸之樂」，非也。祭而賓尸，常禮也，詩既言燕尸矣，故《序》不復贅，但表其守成，以志周道之盛。王者所承事，莫大于神祇祖考。天下有道，九廟安妥，百神效靈。公尸醉飽，則孝子之守成可知矣。鳧鷖性謹愿，江湖泳游，有安樂之象。鳧鷖之言負扆，在涇之言在京，以比守成。鳧善没，鷖善浮，有變化出没之象，比鬼神也。天曰神，地曰祇。公尸者，神祇祖考之所依。公尸安，即神祇祖考安；神祇祖考安，即持盈守成之效也。内外非一祭，祭非一尸。首章鳧鷖在涇，動而浮，象天神之尸也。天主氣，故曰清、曰馨。天生，故曰成。二章在沙，静而宿，象地祇之尸也。地主形，故曰多、曰嘉。地作，故曰爲。三章在渚，渚小丘，象山川社稷之尸也。主蓄儲，故曰湑脯。禮卑于天地，故曰下。四章在潨，衆也，象羣主九廟之尸也，故曰崇。烝嘗備禮，故不言酒殽。上祀禮尊，故曰崇。五章在亹門也，凡繹皆于門，每歲春夏，門户有專祭，是五祀之尸也。小祀尚飲食，故曰欣、曰芬。禮尤卑，故曰後。不言福禄，非户竈門行所得司也，無艱而已。歷舉公尸，見百神懷柔。《序》所以謂之「神祇祖考安樂」，此也。鄭說彷彿而未盡，《朱傳》則憒憒耳矣。

249 假樂

古序曰：《假樂》，嘉成王也。

說曰：朱子改爲「公尸答鳧鷖」，非也。詩本美成王，而《序》不言美者，美刺，詩之變也。至德無稱，故「正風雅」無美刺焉。《序》言嘉，取篇首「嘉樂」以括全詩之義，猶「漢廣」言德廣，「蕩蕩上帝」言天下蕩蕩，斷章取義也。

250 公劉

古序曰：《公劉》，召康公戒成王也。毛公曰：成王將涖政，戒以民事，美公劉之厚於民，而獻是詩也。

說曰：周自后稷，當唐虞時，受封于邰。至夏中衰，棄稷不務。后稷之孫不窋，失其世官，竄于西戎。不窋之孫公劉，復脩世業，始營豳居，是周之始造也。召公歌其事示嗣王，使勿忘先業，猶周公之詠《七月》也。

251 洞酌

古序曰：《洞酌》，召康公戒成王也。毛公曰：言皇天親有德、饗有道也。

說曰：朱子謂《序》語意疎，非也。朱以洞酌三句爲無義之興，而毛以爲黍稷非馨之比。蓋餴饎濯溉，祭祀之事，孟子云「雖有惡人，齊戒沐浴，可以事上帝」，況有道德如豈弟君子者乎？故以行潦比。皇天親有德、饗有道，所謂明德惟馨也。

252 卷阿

古序曰：《卷阿》，召康公戒成王也。毛公曰：言求賢用吉士也。

說曰：朱子改爲「召康公從成王遊於卷阿，因王歌而和之」，非也。毛云求賢者，擇相也；用吉士者，審庶官也。人主擇相，相擇庶官，則羣賢輔，而天下治。召公教王求豈弟君子，以用吉士，媚天子而愛庶民，猶《秦誓》之「求休休一个臣」也。德莫大于豈弟，指周公之爲冢宰也，以流言避位，而成王疑忌師保，召公不懌，故作此以諷王。末章言車馬，欲王迎周公復相位，以安庶官也。及公歸作《君奭》，師保同心，吐握下士，周道以隆。所謂「豈弟君子，俾爾彌性」者，此也。《朱傳》以君子爲成王，誤也。南風卷阿，比人主温恭好賢。屋檐下曰阿，鄭以爲山阿，而朱子因謂王與召公遊卷阿之上，尤誤也。《考工記》云「四阿重屋」，《士昏禮》亦云「當阿東南」。秦有阿房，謂深宫曲房也。後世詩有「熏風自南來，殿角生微涼」〔一〕之句即用《卷阿》「飄風南來」之意也。○按，自此以上十八篇，文、武、成三王之詩，古序次第井然，義理明切，有何牽强附會？而《朱傳》一切改作，誠所未喻。

253 民勞

古序曰：《民勞》，召穆公刺厲王也。

説曰：朱子改爲「同列相戒」，非也。古人戒君，不敢直斥，至呼藎臣僕夫，豈可拘篇中稱爾戎小子，便謂戒同列乎？

254 板

古序曰：《板》，凡伯刺厲王也。

〔一〕李昂《夏日聯句》：「人皆苦炎熱，我愛夏日長。熏風自南來，殿閣生微涼。」（《全唐詩》卷四）

説曰：朱子據詩中稱爾我，改爲同列相戒之辭，非也。説見《民勞》。

毛詩序説卷之六終

毛詩序説卷之七

蕩之什

自此至終，凡十一篇。

255 蕩

古序曰：《蕩》，召穆公傷周室大壞也。毛公曰：厲王無道，天下蕩蕩，無綱紀文章，故作是詩也。

説曰：按，此詩刺周室蕩敗，故古序斷取篇首「蕩」字爲目，而毛公釋其義云「天下蕩蕩」者，猶《漢廣》之云德廣所及也。德廣與漢廣不相蒙，天下蕩蕩與蕩蕩上帝不相蒙，皆斷章取義。朱子非之，拘也。

256 抑

古序曰：《抑》，衛武公刺厲王。毛公曰：亦以自警也。

説曰：朱子改爲武公自警而作，非也。按，詩「侯度小子」等語，皆自責以告王也。昔商紂荒于酒，微子曰：「我沈酗于酒。」孝子諭親，必先自責。忠臣誨君，引爲己過。詩言温厚，故導君惟以自警。幽王距厲王所百年矣。武公爲幽王卿士，追惟往事，以明鑒戒，故曰告爾舊止。曰言示之事，曰取譬不遠，蓋指流彘之事也。《國語》云：武公年九十有五，猶箴儆于國。此詩作于晚年，故曰亦聿既耄。或疑其在于今，非追刺語。夫追刺而言今，猶叙他人事而稱我云爾，何害其爲追言也。

257　桑柔

古序曰：《桑柔》，芮伯刺幽王也。

258　雲漢

古序曰：《雲漢》，仍叔美宣王也。毛公曰：宣王承厲王之烈，内有撥亂之志，遇烖而懼，側身脩行，欲銷去之。天下喜於王化復行，百姓見憂，故作是詩也。

説曰：朱子改謂述王仰訴于天之辭，非也。蓋據「王曰」二字以爲述耳。詩美刺多託言，豈必夜半宫中，王果仰天作此等語邪？

259 崧高

古序曰：《崧高》，尹吉甫美宣王也。毛公曰：天下復平，能建國親諸侯，褒賞申伯焉。

說曰：朱子改爲「申伯出封于謝，尹吉甫送之而作。」此事已詳篇中，故《序》不復贅。吉甫對揚于朝而國史録之，聖人存之，以表親親崇賢封建復古之治也。人臣立功紀勳，著于《小雅》；人主治定功成，見于《大雅》。詩至《大雅》，作者之志愈遠，而序者之義愈精。故《雲漢》不爲救旱，以明格天之德；《崧高》不爲贈行，以明親賢之禮；《烝民》不爲贈山甫，以表使能之功；「梁山」不爲美韓侯，以紀馭福之柄。《江漢》以下，皆可知也。○申伯以王元舅，褒封晋錫，可謂厚矣。未幾以幽后見黜，率犬戎殺幽王，而滅宗周，申爲戎首焉。然則宣王之褒賞元舅，與後世主寵任外戚，移祚篡國者，何以異乎？故天子有道，則萬國親；無道，則親戚叛。《易》曰「匪寇婚媾」，反覆手之間耳。父子相繼，宣興幽滅，可不畏哉。故《國風》存《揚之水》，《大雅》録《崧高》，有微意焉。誦者見其美而忘其規，泥其辭而不逆其志，烏可與言《詩》矣。

260 烝民

古序曰：《烝民》，尹吉甫美宣王也。毛公曰：任賢使能，周室中興焉。

説曰：朱子改謂「宣王命仲山甫築城于齊，尹吉甫作詩送之」，非也。吉甫作詩備獻納，非僚友私情。普天之下，莫非王土。惟王建國，文武之制也。周衰，諸侯强僭，繼世不由天子。裂封啓土，悉自己出。厲王中衰，周人放之于彘。是畿甸諸侯，且不知有天子，而況齊遠在東隅。而境内區區之城郭，且以上請，豈非宣王中興之烈，足以震疊之歟？夫子删詩，存《烝民》，《春秋》之義也。故曰：「《詩》亡，《春秋》作。」如朱説，僚友相送，非關獻納，何登于雅？王朝命使往來，餞行之詩不少，可勝録乎？

261 韓奕

古序曰：《韓奕》，尹吉甫美宣王也。毛公曰：能錫命諸侯。

説曰：古者嗣君在喪稱子。喪畢，以士服見王，王策命，錫車服。歸，始爲諸侯。厲王中衰，諸侯繼世不禀命。宣王中興，韓侯初立來朝，尹吉甫作此詩。故《序》目曰《韓奕》，言命韓奕奕然也。《序》不本其事者，詩言入覲，王命纘考，則繼世也。言鞹鞃淺幭，則喪畢也。《禮》：喪車，鹿淺幦革飾，詩已具，故《序》不贅。序者，志也。志美宣王中興，能錫命諸侯。而朱子謂錫諸侯爲常事，非也。若使天子常能命諸侯，則幽、厲不衰，王跡不熄，而《春秋》不作矣。如天子錫命諸侯爲常事，則《蓼蕭》《湛露》《彤弓》不足誇盛美矣。又謂春秋戰國，亦有行之者。夫春秋戰國，何嘗知有天子哉？平王命晉文侯，惠王命齊桓公，襄王命晉文公，顯王命秦孝公，此四王者，孱王，非興王也。亂命，非治命也。有所要挾，不得不命，非力能制命也。如宣王之命韓侯，能命亦能討，能予亦能奪，然後謂之王。有南征北伐、平淮會洛之功，然後有封申、錫韓之命。治亂邪正，何可相比乎？然美中興而并及娶妻，何也？王室乂安，邦國和平，康侯晉錫歸國，嘉禮時舉，猶《二南》之《桃夭》《芣苢》，太平之象也。天子有道，則諸侯秉禮。親喪畢入覲，歸而後議婚。道揆法守，秩然可觀。與春秋諸侯，在喪親迎者，得失相違遠矣。所以美之。

262 江漢

古序曰：《江漢》，尹吉甫美宣王也。毛公曰：能興衰撥亂，命召公平淮夷。

說曰：周京偏在西隅，去東南遠，故淮夷最難服。成王初立，周公東征三年，滅國五十，而後徐淮定。伯禽封魯，亦爲東土重也。厲王中衰，四夷交侵。至宣王北逐玁狁，南平荆蠻，而淮夷未附。初命召虎經營，再勤六師親討，必東土寧而後西京安。此《江漢》《常武》，所以爲宣王之終事，繫《大雅》之末簡也。聖人删《詩》次第可見，而周之興衰，始終由東征，其故可考而知也。

263 常武

古序曰：《常武》，召穆公美宣王也。毛公曰：有常德以立武事，因以爲戒然。

説曰：朱子改爲「宣王自將，以伐淮北之夷，詩人美之」，非也。按，宣王自將，詩既言之矣。淮北淮南，後人臆説耳。前篇由江漢進師爲南，此篇由淮浦達徐爲北，師行便利不同，總之淮土耳。前篇召虎經營，疆理功成，可謂有丈人之貞。未幾淮夷復叛，宣王欲一大創之，故不復用虎，而命皇父程伯，六師親征，懲前之不武也。蓋周京僻在西隅，東距淮海遼遠，終周之世，叛附不常。召公謂「惟德可以懷遠」，天子躬擐甲冑，遠問荒裔，不可爲常，故詩美其事，而以《常武》命篇。《虞人之箴》曰：「武不可重，用不恢于夏家」，常武之謂也。故二篇末，致諷規之辭。卒也，西周之禍，不在淮夷，而近在西戎。乃見詩人獻替之忠。《江漢》後繼以《常武》，乃知聖人删定之意。斯善言《詩》也。豈徒取南北爲目已邪？

264 瞻卬

古序曰：《瞻卬》，凡伯刺幽王大壞也。

說曰：朱子改爲「刺幽王嬖褒姒，任奄人，以致亂之詩。」按，褒姒、奄人，據篇中婦、寺爲言，《序》標其志而已。

265 召旻

古序曰：《召旻》，凡伯刺幽王大壞也。毛公曰：旻，閔也，閔天下無如召公之臣也。

說曰：朱子改爲「刺幽王任用小人，以致饑饉侵削」，此詩中所已言。《序》云大壞，見天下事不復可爲，而宗周遂滅矣。《小雅》終《苕之華》《何草不黄》，《大雅》終《瞻卬》《召旻》，皆悲惋淒切，所謂亡國之音也。昔周道興而《召南》作，今周將亡，故詩人思召伯，因以《召旻》命篇。毛公曰「旻，閔也，閔天下無如召公之臣」，言皆昏椓皋訿之輩，辭約而意該矣。朱子詆爲不成文理，過也。

毛詩序説卷之七終

毛詩序説卷之八

周　頌

説曰：頌者，天子宗廟之樂歌。古文頌與容通。王者太平功成，美其盛德形容，以告于神明，其辭從容悠遠，故曰容。如《清廟》等篇，亟誦之，不甚切響，以其言大永，而聲漸遠也。故曰「《清廟》之樂，一唱三歎有餘音」者，此也。凡《頌》皆樂歌，如《訪落》《敬之》等篇，或不爲祭祀作，而皆以絃頌告于廟，故同謂之《頌》。

清廟之什

自此至《思文》，凡十篇。

266 清廟

古序曰：《清廟》，祀文王也。毛公曰：周公既成洛邑，朝諸侯，率以祀〔一〕文王焉。

〔一〕祀，原爲事，據《毛詩正義》改。

説曰：按，成王初立二年，周公以流言避居東；三年至五年，公奉王東征；六年，營洛；七年，王朝祭于洛。此詩即《洛誥》所云「王在新邑，烝祭歲」之樂歌也。〇按，此篇即《樂記》所謂「《清廟》之歌」，有辭而無韻，不貴聲也。懸一鍾，尚拊膈，朱絃而通越。一唱而三歎有餘音者，此之謂也。

267 維天之命

古序曰：《維天之命》，太平告文王也。

説曰：太平，治功成也。頌，告成功者也。成王、周公之世，天下和平，制禮作樂，皆文德所貽，故以告廟。不言治功，而言天命文德者，治具鋪張，非太平也，故曰爲政以德。王者之民皞皞，上下與天地同流。政不本于德，皆驩虞小補。道不通于命，非王民之皞皞。太平無象，故以天命於穆，文德不顯，形容其至。天無言而萬物生，聖人無爲而萬民化，此以爲太平也。

268 維清

古序曰：《維清》，奏象舞也。

說曰：按，樂有歌有舞，歌以爲聲，舞以爲容。聲容備謂之奏，容所以象也。有戰伐之功，則舞以象之，如文王戡黎、伐崇、遏密，《大雅》云「文王受命，有此武功」，故象以舞，而此其歌也。《序》不言文王，何也？詩既言文王之典矣。不言祭文王，何也？凡《頌》皆祭也。朱子改爲祭文王之詩，復説也，古序不作此等語。○《清廟》以下三詩，玄遠冲淡，皆所謂《大雅》之音，文王之至德也，故以首《頌》。

269 烈文

古序曰：《烈文》，成王即政，諸侯助祭也。

說曰：按，成王七年，周公留洛，王始親攬大政，諸侯來朝，王率之以祭于祖考。此祭而獻諸侯之詩。此諸侯，猶多盟津之諸侯，故嘉迺功，戒勿忘先王，美箴之意備矣。

270 天作

古序曰：《天作》，祀先王、先公也。

說曰：按此爲四時之祭。時祭，則四親與太祖，而祧廟不與。成王之世，時祭當自太王以下，上及后稷也。先公，指后稷。先王，指太王以下也。然詩止頌太王、文王，不及后稷、王季者，時祭之樂，非一章也。此舉王跡所自起，功德最著，而歌于太王、文王之廟者耳。朱子但謂祀太王，不兼文王，以其間遺王季也。然詩并頌二王，安得獨爲祀太王乎？既祀太王、文王，又安得遺后稷與王季乎？《序》説是也。

271 昊天有成命

古序曰：《昊天有成命》，郊祀天地也。

説曰：朱子改爲「祀成王之詩」，非也。古者冬至，合祀天地于郊。此詩頌昊天而不及地，如人稱父而不及母，統于尊也。故曰郊社之禮，所以事上帝。樂非一章，此其删存之一耳。昊天難名，即文、武受命以頌天，故《大雅·文王》之篇云「上天之載，無聲無臭。儀刑文王，萬邦作孚」。言天必言聖，聖同天也。成王云者，猶《大雅·下武》云「成王之孚」，《書·酒誥》云「成王畏相」，非成王誦也。「不敢康」「基命」「單心」，皆頌文、武功德。宥而寬者天之德，密而深者地之德，《中庸》云「溥博如天，淵泉如淵」，二后所以德配天地也。朱子改爲祀成王，則詩當作于康王後。郊廟之歌，周公所定一代憲章。後王詩，焉得列《天作》《我將》之間？《周頌》三十一篇，無康王以後詩。泥文生解，引《國語》爲徵。按，《國語》解成字之德耳，無以辨其必爲王誦也。其云「德讓信寬固和」，皆所以基命成其爲王者也。若皆謂美王誦，則二后不過應受，而成王功德遠過祖考。豈詩人立言之意歟？周家基命由二后，蘇轍〔一〕謂「成王非基命之主」，是也。又據《商頌》祀武丁，謂《周頌》亦當有康王以後詩。夫《商頌》，古樂僅存，無容再删。周公所定，内外百祀之樂，夫子删存，止三十一篇，焉得更有後人制作雜其中？有之，亦當附《小毖》《載芟》後，不宜攙入祖考廟樂之前。不然，則《頌》亦錯亂矣，豈但《序》不足信乎？又據《周禮》「圜丘方澤」，謂天地不當合祀。蓋信以《周禮》爲周公之書，承訛久矣。夫廟祀考妣合食，王者父天母地，母不得别父，地不得殊天，陰不得離陽，妻不得違夫，此理甚明。今據《周禮》謂天地當分祀，則自不肯以此詩爲郊祀天地之詩。又何怪乎！或曰：周郊配稷，詩不及稷，何也？獻祖之樂，與天異也，《思文》所以獻稷也。

272 我將

古序曰：《我將》，祀文王于明堂也。

〔一〕蘇轍，原爲蘇軾。《吕氏家塾讀詩記》卷引文作「蘇氏」云云。蘇轍《詩集傳》卷十九云：「成王非基命之君，而周之奄有四方，非自成、康始也。」蘇氏兄弟共研經學，其中「五經論」（即《易論》《書論》《詩論》《禮論》和《春秋論》）宋元以來通行本蘇軾集中多有之，實爲蘇轍所作。

説曰：古天子冬至郊祀天地。一陽初生，氣本無形，故禮不貴物。掃地行事，器用陶匏，牲用犢，配以始祖，古之郊祀也。周公制禮，每歲季秋享帝于明堂。帝者，天之神，生物之主。物至秋而形成，故祭備牲牢。配以父，郊天報始，享帝報成。郊配后稷，始于祖之義也；明堂配文王，成于父之義也。

273 時邁

古序曰：《時邁》，巡守告祭柴望也。

説曰：天子五年一巡守，徧歷四方。會諸侯于方嶽之下，燔柴升煙，以告天；山川遠者，望而祭之。周公成文、武作禮樂，此爲巡守祭告之歌。戢干戈，櫜弓矢，皆武王事。而《序》不及武王者，後王巡守祭告通用也，故名《肆夏》，取篇末「肆于時夏」語，即《周禮》「鍾師《九夏》」之一也。《禮》：尸出奏《肆夏》，牲出入奏《韶夏》，四方賓來奏《納夏》，皆以鍾。夏，大也，歌之大者也。《周語》曰：「金奏《肆夏》《繁》《遏》《渠》，天子所以饗元侯也。」韋昭注云：「《肆夏》，一名《樊》；《韶夏》，一名《遏》；《納夏》，一名《渠》。《周禮》九夏之三也。」《遏》，《執競》也。《渠》，《思文》也。

274 執競

古序曰：《執競》，祀武王也。

説曰：朱子改爲「祭武王、成王、康王之詩」，非也。頌武王僅一語，而頌成、康過爲鋪張，文義不類。蘇軾謂「周奄有天下，不自成康始」，得之矣。祀成康，則此詩作于康王以後。周之禮樂，定自周公。是篇所謂《遏》，即《韶夏》者也。《禮》：牲出入奏《韶夏》，天子以《遏》饗元后。康王以後，昭穆之季，未聞有繼周公作禮樂者。即有新聲，豈可以配《九夏》乎？云成康者，武王成功，康定天下，猶《酒誥》言成王，《大誥》言寧王云爾。凡《詩》《書》言武成康寧，多頌武王，而王誦王釗，率祖考以爲謚耳。豈凡言成康者，即爲二王乎？

275 思文

古序曰：《思文》，后稷配天也。

説曰：詩言配天，德也；《序》言配天，祭也。有是德，故有是祭，此其樂歌也。《周禮》謂之《納夏》，一名《渠》。百穀獨舉來、牟者，來、小麥，牟、大麥也。冬至郊祀，惟二麥生易，所謂復見天地之心者也。乾爲金，麥金王則生，廢則死，歷四時而成，謂之首種，爲百穀繼絶續乏也。《春秋》無麥則書，故郊禝特舉之。

臣工之什

自此至《武》，凡十篇。

276　臣工

古序曰：《臣工》，諸侯助祭，遣於廟也。

説曰：朱子改爲戒農官，非也。戒農官，何與于《頌》？諸侯守土，民事爲先，故《風》歌《七月》以戒君，《雅》陳《楚茨》以刺時，《商頌》以稼穡免禍謫，《洛誥》以明農叙正父。孟子謂：「三王巡守，諸侯述職。」以田野治爲慶，故于來朝助祭歸，而申飭王章，稼穡其首務也。周先公力農開國，故告于廟，以祖德訓之，所以爲《頌》。呼保介者，車馬臨行之辭。介，甲也。勇士衣甲，立車右爲保護。《月令》「參保介之御閒」是也。將行呼保介，猶敢告僕夫之意。宗廟之祭以仲春，諸侯以朝正來，至二月助祭畢，歸而莫春矣，二麥將熟，即時物告之。

277 噫嘻

古序曰：《噫嘻》，春夏祈穀于上帝也。

説曰：朱子改爲戒農官之詩，非也。按，《月令》孟春，天子以元日祈穀于上帝。仲夏，大雩帝以祈穀實。此即其樂歌也。《春秋傳》曰：「啓蟄而郊，龍見而雩」。啓蟄，仲春建卯之月也。蒼龍之宿，昏見于東方，則孟夏建巳之月也。與《月令》小異，然其爲春夏則同也。○按，凡《頌》皆事神之樂，而不言鬼神，何也？子云：「務民之義，敬鬼神而遠之。」子産云：「人道邇，天道遠。」故頌于郊，不言天言聖人，于廟不言鬼，言功德。祈不言福，言人事。此章祈年，與後章報賽，皆言農夫勤動勞苦，而所謂格天事神者，在其中矣。故曰：人者，鬼神之會。祭祀，聖人務所以爲民之義，而天地鬼神弗能違矣。《詩》至《頌》而愈遠，故曰：「興於詩，成於樂。」

278 振鷺

古序曰：《振鷺》，二王之後來助祭也。

説曰：按，武王克商，封微子于宋；求禹之後，得東樓公，封于杞。武王崩，成王誅武庚黜殷，以微子爲殷後，與夏之後杞，皆客焉。二客來助祭，則告于廟。鷺，白鳥也。人臣精白乃心，弗緇其節，似之。鷺善羣。西雝，西京之辟雝。雝，和也，以爲無惡斁之比。有斯容，諷其心也。

279 豐年

古序曰：《豐年》，秋冬報也。

說曰：萬物至秋冬，而成且終矣，故祭以報之。秋則享帝于明堂，祭四方。冬則祭八蜡。通用此詩，故槩言報。

280 有瞽

古序曰：《有瞽》，始作樂而合乎祖也。

說曰：此周公制禮作樂成，而大合諸樂奏之，告于文王之廟，非爲祭祀也。《禮》曰：凡釋奠，必有合也。凡大合樂，遂養老。此則爲始作樂而已，亦非爲釋奠養老也。

281 潛

古序曰：《潛》，季冬薦魚，春獻鮪也。

説曰：魚至冬月大寒降，則性定而肥。漁師始漁，先薦寢廟。至春王鮪來，則薦鮪。此其樂歌也。

282 雝

古序曰：《雝》，禘大祖也。

説曰：此禘太廟之樂歌。太祖，周始祖。禘行于太祖廟，追祀太祖所自出之帝，而下逮羣廟之主，即所謂大祫也。合饗曰祫。先公先王皆在，詩獨言皇考者，歸功于始禘也。《禮》：不王不禘。周之有禘，自武王始，猶《商頌》五祭皆言湯，以商有天下自湯始也。《序》云大祖者，后稷也。詩云孝子者，成王也。皇考、烈考者，武王也。文母者，邑姜也。稱天子辟公，廣牡相祀者，表大禮也。魯以大夫歌雝，夫子非之。于《春秋》書禘，于《詩》録《雝》，《春秋》之志也。鄭氏以太祖爲文王，朱子因改爲武王祀文王之詩。夫文王穆考，世室主稱大祖，則后稷又何加焉？武王未受命，雖有王祭，禮樂未興。周公成文武，乃制禘作雝，故其詩亦頗似武王語。蓋後王禘祭通用也。鄭謂禘與祫殊，禘三年，祫五年，禘大于四時而小于祫，此緯書之説也。夫祭未有大于禘者也。禘，帝也。三王始祖，皆古帝之苗裔。王者追祭始祖所自出之帝，故曰禘，非審諦昭穆之謂也。子孫祀遠祖，豈宜太疏，莫遠于天，而歲再舉。孫祭祖而三年五年，不已疏乎？遠祖格，則羣主咸集，故又曰祫。《商頌》「濬哲」亦禘也。徧及羣公先正，即祫也。禘惟合享，故其禮重。魯僭禘，《春秋》《論語》譏之，未言禘上有祫也。或云：時祭，亦有禘有祫。夫禘之爲時祭，以禘舉于春也。祭莫大于春，其次莫大于秋。春爲歲首，秋爲物成。《魯頌・閟宫》曰「春秋匪解」，《郊特牲》曰「春禘秋嘗」，《祭義》曰「君子合諸天道，春禘秋嘗」，子云「明乎郊社之禮，禘嘗之義，治國其如視諸掌」，故禮莫大乎禘嘗也。諸侯之有禘祫，以其亦有始祖，有合食，襲用其名，而禮非諸侯所得盡也。

283 載見

古序曰：《載見》，諸侯始見乎武王廟也。

説曰：按，武王年八十生成王，九十三崩，成王立，年十有三，非甚童穉也。此即其喪畢，朝諸侯，率以見于武王廟之樂歌。詩明徵如此。世儒惑于《明堂位》云「周公負扆踐祚，七年而後致政」，併牽此詩爲七年之後，王親政而作。蓋據《洛誥》云「周公誕保文武受命惟七年」，本謂成王七年，周公留洛耳，非謂七年之前，成王未親政也。十三歲天子尸居，而又七年，則二十矣，乃始見諸侯乎？初年以流言疑忌叔父，豈幼冲無知者之所爲乎？

284 有客

古序曰：《有客》，微子來見祖廟也。

說曰：武王誅紂，封微子于宋。成王誅武庚，遂命微子後殷。此其始受命，來見周廟，故舉武庚事諷之。曰威、曰福，尋常祭享不及此。辭雖頌客，而亦告于廟，故皆爲頌。

285 武

古序曰：《武》，奏《大武》也。

說曰：周公象武王之功，爲《大武》之樂。樂成，奏于武王廟。《大武》有舞，詳見《樂記》。此其歌也。頌武而思文者，昭德爲威，所以大武也。

閔予小子之什

自此至《般》，凡十一篇。

286 閔予小子

古序曰：《閔予小子》，嗣王朝於廟也。

説曰：此成王既免喪，而見于先王廟之詩。以下四篇，成王守成之事，而詩多裁自周公，借祖考之靈，光訓嗣王，故告于廟。後世遂以登歌。昭功德，爲憲章，故皆爲頌。

287 訪落

古序曰：《訪落》，嗣王謀於廟也。

説曰：成王既朝于廟，而遂進羣臣以謀之也。餘見前。

288 敬之

古序曰：《敬之》，羣臣進戒嗣王也。

說曰：朱子改爲成王述羣臣之戒，非也。蓋羣臣進戒王，而王嘉納之，其辭如此，亦周公之志也。餘見前。

289 小毖

古序曰：《小毖》，嗣王求助也。

說曰：成王既誅管叔、武庚，而訪于羣臣，亦周公之志也。初周公使管叔監殷，管叔以殷叛，成王執管叔誅之。悔其始使，而公亦自悔也，故曰莽蜂求螫。方武王誅紂，宥其子，人以爲孤雛耳。未幾挾徐奄諸國以叛，周公東征三年，而後定之，此桃蟲之爲大鳥也。《詩》與《康誥》《召誥》皆裁自周公。而此詩哀死之意微，慮患之計深，不如《棠棣》《鴟鴞》悲惋者。彼公自言，而此爲王言也。稱小毖，自謙求助之辭也。天下之患，未有不狃于小者。餘詳前。

290 載芟

古序曰：《載芟》，春籍田而祈社稷也。

說曰：朱子改爲秋冬報賽之樂歌，非也。《良耜》爲報，此篇爲祈。卒章云「邦家之光」「胡考之寧」「振古如兹」，祈之辭也。與《良耜》卒章殊。此援古以祈之，彼續古以報之。籍，借民力治田也。或曰：典籍之田，供宗廟之典籍者也。天子千畝，諸侯百畝。《月令》：「孟春，天子以元日祈穀于上帝，乃擇元辰，親載耒耜，帥三公九卿、諸侯大夫，躬耕帝籍。」此其祈穀于社稷之樂歌也。《噫嘻》，祈年于上帝，其辭簡，上帝尊也。此詩，祈年于社稷，其辭詳，社稷親也。《噫嘻》專爲民祈，此則因籍田，併及民耳。

291　良耜

古序曰：《良耜》，秋報社稷也。

說曰：前篇祈年，此有年而遂報之。

292　絲衣

古序曰：《絲衣》，繹賓尸也。毛公曰：高子曰：「靈星之尸也。」

說曰：此祈蠶之祭，繹而儐尸之樂歌。《月令》：「季春，天子薦鞠衣于先帝。」鞠衣，黄桑衣。先帝，太昊木德之君，司蠶桑者。薦衣，祈蠶也。《周禮·内宰》：仲春詔后率内外命婦，始蠶于北郊。此即春祭薦衣祈蠶之尸。靈星，龍星，即房星，東方蒼龍之宿。

蠶爲龍精，尸以象之。凡尸象神，神象物。絲衣戴弁者，尸服也。蠶爲絲，故衣絲。紑，潔白也，象蠶色也。蠶馬同氣，蠶首似馬。俅俅，下曲貌。弁無曲者，象蠶形也。祭必繹尸，所以報也。大夫以下祭于室，即日賓尸于堂，謂之儐。諸侯以上有室事，有堂事。祭之明日，賓尸于廟門外，謂之繹。繹者，天子賓尸之名。繹，繼也，繼昨日也。又謂之祊，門内外曰祊。始祭迎神于廟門内，《楚茨》所謂「祝祭于祊」也。明日，送尸于廟門外，《春秋》所謂「辛巳有事于太廟，壬午繹」也。《禮器》曰：「爲祊乎外。」祊、繹皆廟門外西塾，鬼事尚右也。古者門東西有堂室曰塾。《郊特牲》曰：「繹之于庫門内，祊之于東方，失之矣。」庫門内失，則廟門外是也；于東方失，則于西方是也。庫門，大門也。廟門在庫門内左，繹當在廟門外西塾。言繹又言賓尸，繹者，賓尸之名也；賓尸者，繹之事也。引高子語，釋所賓者，蠶神之尸也。漢有靈星祠，蓋舉時人所知者證之也。鄭康成據《士冠禮》「絲衣爵弁」，附合《雜記》「士弁而祭于公」之説，以絲衣戴弁爲士，徂堂基牛羊鼎，爲省牲器也。夫繹禮殺于正祭，牲牢器皿，皆用祭之餘耳。有司徹云：埽堂，鼖尸俎行禮。非別殺牲，先夕省視也。果爾，王親省，則大小宗伯宜從，豈越卿大夫而用士乎？鄭云：「繹禮輕，故用士。」然則，王又何必親省也？詩言「自堂徂基」者，即《少牢》云「祭畢，尸出廟門外俟儐，天子明日儐，則昨日堂上之尸，今往儐于門基」也。言「自羊徂牛，鼐鼎及鼒」者，牲鼎皆自堂往門，始祭牲入，先大牢，後少牢。徹故，羊先出而牛從之。鼐鼎大，以烹牲體；鼒小，以盛和羹。羹近尸，牲近外，故鼐先出，而鼒從之。猶《士虞禮》「杝者逆退復位」之類，皆自堂往基之序也。兕觵以下，則祝願之辭也。鄭以絲衣載弁爲助祭之士，《朱傳》改爲祭而飲酒，則《序》言繹賓尸，與高子言靈星，皆無謂矣。夫衣食者，民之命；農桑者，國之本。《三百篇》，農祭之詩多矣，蠶祭惟此一篇耳，故聖人存之。朱子謂《序》誤，高子尤誤，不自知其誤也。

293 酌

古序曰：《酌》，告成《大武》也。毛公曰：言能酌先祖之道以養天下也。

説曰：《大武》，武王之樂。《春秋傳》引《武》之卒章曰「耆定爾功」，即《武》也。其三曰「鋪時繹思」，即《賚》也。其六曰「綏萬邦，屢豐年」，即《桓》也。武樂之歌非一，《酌》亦武樂也，《春秋傳》作《汋》，但未定第幾章耳。《序》云告成《大武》，寵受王造，是武成也。酌，相時也。晦則養，熙則用時也。時者，天之運，聖人之中。聖人至公無私，故道莫大乎時，而用莫大乎酌。毛氏因遵養之語，及養天下，明武非力服也。孟子曰：「以善養人，然後能服天下。天下不心服而王者，未之有也。」

294 桓

古序曰：《桓》，講武類禡也。毛公曰：桓，武志也。

說曰：按《春秋傳》，此武樂第六章也，頌武王伐商講武，類于上帝，禡于先戎也。凡天子將出征，祭上帝曰類。至所征之地，祭始造軍法者，曰禡。武王伐紂，告于天地鬼神。武舞象之，而歌以言其志，在安民保土定家，非利天下也，故曰武志也。朱子以詩稱武王爲疑。夫講武類禡，武王伐商時事，而詩非伐商時作也。周公爲武舞，因爲歌。歌非一章，頌非一事。《武》頌功，《酌》頌成，《桓》頌志，《賚》頌賞，《般》頌巡行，皆武樂也。而作于成王世，何得不稱謚？既云「綏萬邦，屢豐年」，則詩非成于當年，明矣。

295 賚

古序曰：《賚》，大封於廟也。毛氏曰：賚，予也，言所以錫予善人也。

說曰：按《春秋傳》，此武樂第三章。武王克商有天下，大封將帥、功臣四百人，兄弟之國十有五人，姬姓之國四十人，所謂賚也。廟，文王廟也。古者爵人必于祖廟，示不敢專也。

296 般

古序曰：《般》，巡守而祀四嶽河海也。

説曰：舊以此爲朝會祭告之樂歌，非也。篇名《般》，盤通，行遊也。《書》云「盤于遊畋」，嬖姍勃窣，行路之貌。天子巡守，按節徐行，故謂之般。與《武》《酌》《桓》《賚》并目，亦武樂之一章也。武樂各章殊事，而此則巡行之事，《樂記》所謂「四成而南國是疆」者也。若朝會祭告之樂，《時邁》具已。或云：頌成王，則不應篇名與《武》《酌》等同列也。○按，《酌》以下四章，皆武王詩。次成王後者，武樂定于成王之季年也。

魯頌

説曰：魯，少昊之墟，在《禹貢》徐州，蒙、羽之野。成王以封周公長子伯禽，謂周公大造王室，文、武至親，葬祭禮樂，使得儗王者。及周衰，諸侯放恣，魯承先緒，浸淫不軌。至僖公用郊三望，漸及大夫歌《雝》，家臣專祀。魯之不法，甚于諸侯，由僖公始也。僖公薨，成公朝季孫行父立武宮，比于天子世室，謂僖公有文德，請于周，爲作頌與廟樂，《駉》以下四篇皆其樂歌也。《禮》：天子作樂賞諸侯，德盛教尊。五穀時熟，然後賞以樂。諸侯自作樂頌功德，僭也。故夫子删《詩》，削魯風，魯不以諸侯自處也。正樂存《魯頌》，魯以天子自居也。非天子而有頌，本諸侯而無風，誰毁誰譽？斯民也，三代所以直道而行也，故《詩》先《春秋》。《詩》亡，然後《春秋》作。《詩》直其辭，而美刺見；《春秋》直其事，而是非彰。《詩》之志，《春秋》之義，一也。故曰「不學《詩》，無以言」，「《詩》可以興，可以觀，可以羣，可以怨，邇之事父，遠之事君」。《春秋》之義備矣。魯升而爲頌，王降而爲風，文武衰而思周公，舍魯何適矣。夏商亡，有杞宋存。其或繼周者，魯不亦爲杞宋乎？故以《魯頌》與《商》《周》并存也。或曰：爲魯風，不亦可乎？曰：頌不可以爲風。歌于廟，與歌于邦國，不可同日語也。春秋諸國無風者，微獨魯耳。八方雖殊，而接壤可以旁通。國大而無風者，惟魯與宋、與楚。魯無風，而《南山》諸詩可以觀魯，《春秋》盡魯也；宋無風，而《河廣》可以觀宋，《商頌》亦宋也；楚無風，而《江漢》《汝墳》可以觀楚，南國盡楚也。以十五國槩方内，大畧可觀矣。或曰：《春秋傳》吴札觀魯樂，無魯風，非聖人删之也。夫左氏非誠丘明也。季札觀樂，後人因緣《三百》脩辭耳，不足以徵《詩》。豈魯文獻之邦，而無詩可采，不如邶、鄘、齊、鄭乎？聖人删其風，存其頌，其志可知也。故宋嚴粲氏曰：「《魯頌》，頌之變也」，得之矣。

297　駉

古序曰：《駉》，頌僖公也。毛公曰：僖公能遵伯禽之法，儉以足用，寬以愛民，務農重穀，牧于坰野，魯人尊之。於是季孫行父請命于周，而史克作是頌。

説曰：按，王者治定功成，作樂告廟，則有頌。《禮》曰：「雖有其位，苟無其德，不敢作禮樂焉。雖有其德，苟無其位，亦不敢作禮樂焉。」魯以諸侯作樂，頌功德，非禮也。僖公國富好侈，季孫行父爲之從臾，非三思者所爲，故夫子譏曰：「再斯可矣。」又讀此詩歎曰：「一言以蔽之，思無邪。」聖人之意可知也。毛公之説，釋魯人所以頌僖公之事，非謂僖公可頌也。然則《序》不言樂歌，何也？凡頌皆樂歌也，不復舉，而但各本其所頌之事，如武樂之《桓》《酌》《賚》《般》，成王之《閔小子》《訪落》諸什皆然也。若謂生前美僖公，則行父當成公朝，僖公薨久矣。臣子尋常美君，何必請于天子？請天子而後頌，知頌非天子不敢作也。成公六年，魯立武宫，倣九廟爲世室，《魯頌》即作于此時。將推僖廟爲文世室，故《詩》存《魯頌》，猶《春秋》書立武宫云爾，誌僭也。不然，東遷而後無雅，又焉得有頌乎？

298 有駜

古序曰：《有駜》，頌僖公君臣之有道也。

說曰：此亦僖廟之樂歌。《序》言作者之志，而諷刺隱然，若曰：「作頌者，自謂君臣有道云爾。」此篇大類風體，跌宕姚佚，無復《清廟》肅雝之意，春秋以來之新聲也。

299 泮水

古序曰：《泮水》，頌僖公能修泮宫也。

說曰：僖公嘗修葺學宫，史克頌其事以爲樂歌。夫國君修學，非甚殊勳也。古序言「能」者，寓《春秋》之義。天子學宫，四面壅水，環如璧，曰璧廱。諸侯三面有水，北缺如半璧，曰泮宫。芹、藻、茆，皆水菜。芹，勤也。藻，文也。茆，留也。首言學，故曰勤。次言教，故曰文。三言飲酒，故曰留。以下因修文，而願以武功。《禮》：出師，受成于學，以訊馘告。魯外患莫如淮夷，故以服淮夷爲頌。其辭虚誇，聖人存之，亦誰毁譽之意也。

300 閟宫

古序曰：《閟宫》，頌僖公能復周公之宇也。

説曰：《魯頌》皆爲僖公，前三篇頌生平功德。此一篇新其廟宇，將以爲世室，配武宫，告成功也。故首舉廟宫，末歸于修廟。《序》云「復周公之宇」者，詩之志也。詩遠引后稷開周，大王遷岐，成王建魯，下及僖公伐楚，復常、許，奄有海邦、淮夷、蠻貊，志在土宇也。故取詩辭居常與許，復周公之宇爲目。夫常、許失矣，魯何能復也？僖公有駉馬之富，有樂胥之臣，有在泮之功，侈郊禘三望之僭，願大而力小，遠思蠻貊而近失常、許。故《序》即辭表志，而作者之諛自見，亦《春秋》之義也。或以是詩爲美僖公修姜嫄廟。夫魯不聞有姜嫄廟，詩言姜嫄者，誇魯之自出，明郊祀后稷之故耳。如僖公存日修祖廟，是時行父之父季友爲政，則頌不待行父請作矣。行父當成公時修僖廟，故篇末云「新廟奕奕，奚斯所作」。重葺曰新，創始曰作。奚斯，僖公時大夫，公子魚也，成公朝死久矣。追叙始作，以見今之更新，久而不忘耳。若姜嫄廟，豈待奚斯始作邪？

商頌

説曰：初契爲堯司徒，賜姓子氏，封于商，即今陜西西安府商州。十四傳八遷都，至湯徙居亳，或云即今河南府偃師縣。十九傳又五遷都河北，至盤庚復湯故地。帝乙又徙居河北，都朝歌，即今河南衛輝府。周武王誅紂，以朝歌封其子武庚。成王誅武庚，以微子後殷，封于宋，即今河南歸德府商丘縣。使脩其禮樂，奉其先祀。及宋衰，舊典散佚。七傳至戴公，當周宣王之世，宋大夫正考甫者，孔子七世上祖也，得《商頌》十二篇于周太師，歸以祀其先王。及孔子删《詩》時，存者五篇耳。夫杞宋無徵，夫子傷之，嘗曰：「丘，殷人也。」聖人每事不忘先，而況禮樂乎。故詩以《商頌》終焉，蓋《詩》至《魯頌》，而誇誕僭踰極矣。存《商頌》，志從先進，樂其所自生也。

301 那

古序曰：《那》，祀成湯也。毛公曰：微子至于戴公，其間禮樂廢壞。有正考甫者，得《商頌》十二篇於周之大師，以《那》爲首。

説曰：此詩多言樂，何也？《郊特牲》云：「殷人尚聲，臭味未成，滌蕩其聲，樂三闋，然後出迎牲。聲音之號，所以詔告於天地之間」，即此意也。

302 烈祖

古序曰：《烈祖》，祀中宗也。

說曰：成湯至于大戊七世矣。商道寖衰，大戊脩德中興，遂號中宗。《禮》：祖有功而宗有德。故殷祖成湯，宗大戊、武丁。此祀大戊之樂歌也。朱子以詩稱湯孫，改爲祀成湯。今按，詩云「及爾斯所」，言自湯及大戊也；云諸侯來假，受命溥將，言天命人心，表中興之功也，亦猶《玄鳥》頌人心土宇，正祀二宗之詩。若《那》祀成湯，無庸及此矣。湯孫，凡後王主祭者皆得稱之，豈必祀湯始稱湯孫邪？前篇言樂，此篇言味，祖遠難格，衎之以聲。宗近易感，侑之以食也。

303 玄鳥

古序曰：《玄鳥》，祀高宗也。

說曰：按，中宗十三傳，至武丁，而商業又寖衰矣。武丁恭默思道，乃復中興，號稱高宗。頌高宗而推本祖德，所以表中興也。

304 長發

古序曰:《長發》,大禘也。

説曰:朱子謂當爲祫祭之詩。按,大禘即祫也,故《雝》,周禘也,并頌烈考文母;此商禘也,并頌玄王相土成湯及卿士。蓋追祀遠祖,則子孫咸集,所以首四時而爲重祭也。時祭合享,或不止禘。而據《雝》與此詩,則禘非特祭甚明也。然此稱大禘,《雝》稱禘,又何也?《雝》序云「大祖」,其爲大禘,亦可知也。

305 殷武

古序曰:《殷武》,祀高宗也。

説曰:此高宗崩,三年喪畢,祔主于廟之樂歌。頌中興之功,而歸于作廟,所謂百世不遷之廟也。若《玄鳥》,時祭之歌耳。然什先《玄鳥》,而後《殷武》,何也?重服楚,所以終《詩》也。三代以前,王都多在西北。楚地據東南,半天下。王者南面出治,失楚則如面牆,故曰「維女荆楚,居國南鄉」,言至近而要也。天下有道,則首善焉,文王之《二南》是也。無道,則首叛焉,商、周之中業是也。繼世之王,有能中興者,則天下視此爲向背焉。高宗之《殷武》，周宣之《采芑》是也。孟子云：「廣土衆民，君子欲之。」明王不作，楚未易撫也。有王者起，必在東南。是以仲尼不遇于齊魯，將遂適荆。先之以子夏，申之以冉求，徘徊陳、蔡之間者，垂十年，其意常在楚也。子西見阻，昭王不禄，然後反魯，删《詩》脩《春秋》。二經，聖人心思隱微所寄也。《春秋》重與楚王，以楚本易王也。《詩》十二國不列《楚風》，以楚非一國也。天運自北而南，故《風》始南音，《頌》終歌楚。欲有爲而不得爲，聖人未竟之志，可思也。天下雖安，忘戰則危。故周公作《立政》曰：「克詰戎兵，以陟禹之迹」。王者先内後外，先德後功，始《二南》而終《殷武》，文武内外之辨也。

毛詩序説卷之八終

九部經解叙〔一〕

三代而下，取士明經。經之不明，由取士始。士業一經，守師説，浮湛主司。得當，則入官領簿書，學法律，經猶敝箒矣。宦成，則游林丘，嘯咏餘日，思入學鼓篋，如亡子過傳舍，假寓耳。安望知類通達，强立不返，以化民成俗，副國家取士之意乎？

予蚤歲受《詩》成進士。三試爲宰，再補諫官。而十年之内，兩黜考功。子云：「誦詩三百，授之以政不達。」予心〔二〕恧焉。甲辰歲，遂棄官隱。一畝之宫，僻在荒郊。衡門長掩，永日無事，乃取經籍課誦。久之，於訓詁〔三〕外微有新知。苦性鹵，隨筆備忘。前後涉獵〔四〕《九經》，爲九《解》，分〔五〕九部，乃銓九叙。叙曰：

〔一〕此叙原置《九部經解·周易正解》前，後印本作「叙九部經解」。
〔二〕心，後印本作「甚」。
〔三〕於訓詁，後印本作「訓詁」。
〔四〕涉獵，後印本作「涉」。
〔五〕分，後印本改爲「集」。

庖羲作《易》，文王演序〔一〕，周公繫《爻》，孔子贊《翼》。四聖相授，道本一致。百家之説，紛然煩碎。執義者遺象，狥象者失意。邵雍〔二〕圖先天，分易爲二。考亭〔三〕守蓍策，義主卜筮。小道可觀，致遠恐〔四〕泥。緯稗亂正，易道〔五〕旁騖矣。作《周易正解》部第一。

四代之《書》，邈兹逖矣。漢之伏生，九十記憶。太常晁錯，踵門肄習。凡得二十有八篇，真四代之弘璧已。晚出古文，託名孔壁，良苦真贋，㚆〔六〕不相襲。而二千年來，碔砆溷其良玉，不可以弗别也。作《尚書辨解》部第二。

《詩》三百五篇，授自毛公。《古序》精研，六義明通。考亭氏盡改其舊，斥爲鑿空，遂使《雅》《頌》失所，國多淫風。先進後進，吾誰適從？其毛公乎。作《毛詩原解》部第三。

〔一〕序，後印本作「次」。
〔二〕邵雍，後印本作「邵雍氏」。
〔三〕考亭，後印本作「考亭氏」。
〔四〕恐，後印本作「則」。
〔五〕易道，後印本作「而易道」。
〔六〕㚆，後印本作「迥」。

孟子云：「王者迹熄，而作《春秋》。」五霸得罪三王，《春秋》爲五霸而脩〔一〕也。世儒誣仲尼獎五霸，貶天子，退諸侯。吾聞諸夫子：「直道而行，與民共由。」豈其譸張名字，深文隱語，如世所求乎？作《春秋直解》部第四。

《禮》家之言，雜而多端。迂者或戾於俗，而亡者未覩其全。蓋《記》〔二〕非一世一人之手，而《禮》〔三〕有所損所益之權。訓詁之士，鑿以附會；理學之家，割以別傳。辭有醇駁，義無中邊。舉一隅則矛盾，觀會通則渾圓〔四〕。作《禮記通解》部第五。

《儀禮》十七篇，禮之節文耳。先儒欲引以爲經，夫儀烏可以爲經也？儀者損益可知，而經者百世相因。其辭繁而事瑣，或强世而違情。昔之讀者，苦於艱深，支分節解，盤錯可尋也。作《儀禮節解》部第六。

《周禮》五官，終始五行。司空考工，水藏其精。緯象之言，縱横之心。説者謂是書，周公所以致太平。六官錯簡，河間補經。世儒因加考訂，而不知本非闕文也。作

〔一〕脩，後印本作「修」。
〔二〕《記》，後印本作「書」。
〔三〕《禮》，後印本作「道」。
〔四〕渾圓，後印本作「渾全」。

《周禮完解》部第七。

天縱上聖，爲斯文主。弟子問道，而作《論語》。廣大精微，包羅萬有。無行不與，誰不由户。四時行生，日月開牖。大道忘言，默識善誘。小子何述，詳説以補。作《論語詳解》部第八。

戰國塵飛，處士横議。周道榛蕪，文武墜地。鄒魯相近，澤未五世。孟子願學，曰私淑艾。七篇之言，居仁由義。稱堯述舜，入孝出弟。守仲尼之道，以待後之學士。反約則同，詳説豈異。作《孟子説解》部第九。

或問曰：首《易》，何也？八卦，文始也。次《書》，何也？二《典》，帝始也。次《詩》，何也？二《南》，王始也。次《春秋》，何也？王降也。次《禮》，何也？記也，非經也。次《儀禮》，何也？儀也，非禮云也。次《周禮》，何也？非周公也。非周公而經，何也？昔人經之，因也。次《論語》，何也？集大成也。終《孟子》，何也？《五經》之都護也。經五而九，何也？三《禮》皆禮也，《論》《孟》皆傳也，猶之[一]五也。五用九，天則也。

[一] 猶之，後印本作「猶」。

書成，通爲卷一百六十五，爲解一百六十七萬言。起草於乙巳之冬，卒業於甲寅之春。越六年己未，殺青斯竟。

竭駑駘之才，費桑榆之陰〔一〕。惟以償所夙負，無媿明經而已。然而狂瞽師心，唐突昔人之罪，擢髮難數。顧自念空空鄙夫，力小而任重。當仁不讓，非其罪也。後之君子，庶其〔二〕貸予乎。雖然〔三〕，不變惟道，不毁惟經。千聖過影，百歲〔四〕駛馳。幺麽小子，老作蠹魚。十年不窺户，而新故半改。一編粗就，二毛種種矣。世路茫洋，抱此何適。妄思附於青雲，而材質傖鄙，無足辱名山、藏不朽。聊以授兒曹於家塾，使能讀其父書，吾不與草木同腐朽耳。時大明萬曆四十七年歲次己未孟夏郝敬自叙。

〔一〕陰，後印本作「蔭」。
〔二〕庶其，後印本作「其」。
〔三〕雖然，後印本作「嗟乎」。
〔四〕百歲，後印本作「百年」。

點校參考書目

［周］左丘明傳，［晋］杜預注，［唐］孔穎達正義，《春秋左傳正義》，十三經註疏整理委員會：《十三經註疏》，北京：北京大學出版社，二〇〇〇年。

［漢］韓嬰撰，《韓詩外傳》，莊大鈞等校點，北京大學《儒藏》編纂與研究中心：《儒藏精華編三六》，北京：北京大學出版社，二〇一四年。

［漢］孔安國傳，［唐］孔穎達等正義，《尚書正義》，北京大學《儒藏》編纂與研究中心：《儒藏精華編一二》，北京：北京大學出版社，二〇一四年。

［漢］司馬遷撰，［南朝宋］裴駰集解，［唐］司馬貞索隱，［唐］張守節正義，《史記》，北京：中華書局，二〇一四年。

［漢］王逸章句，［宋］洪興祖補注，《楚辭章句補注》，長沙：嶽麓書社，二〇一三年。

［漢］毛亨傳，［漢］鄭玄箋，［唐］孔穎達疏，《毛詩正義》，朱傑人等整理，上海：上海古籍出版社，二〇一三年。

［漢］毛亨傳，［漢］鄭玄箋，［唐］孔穎達疏，《毛詩註疏》，十三經註疏整理委員會：《十

三經註疏》,北京:北京大學出版社,二〇〇〇年。

[漢]毛亨傳,[漢]鄭玄箋,[唐]陸德明釋文,《監本纂圖重言重意互註點校毛詩》,《中華再造善本》,北京:北京圖書館出版社,二〇〇三年。

[漢]毛亨傳,[漢]鄭玄箋,[唐]陸德明釋文,《毛詩詁訓傳》,《中華再造善本》,北京:北京圖書館出版社,二〇〇三年。

[漢]毛亨傳,[漢]鄭玄箋,[唐]陸德明音義,《毛詩傳箋》,孔祥軍點校,北京:中華書局,二〇一八年。

[漢]趙岐注,[宋]孫奭疏,《孟子注疏》,十三經註疏整理委員會:《十三經註疏》,北京:北京大學出版社,二〇〇〇年。

[漢]鄭玄箋,[唐]賈公彦疏,《周禮註疏》,十三經註疏整理委員會:《十三經註疏》,北京:北京大學出版社,二〇〇〇年。

[晋]郭璞注,[宋]邢昺疏,《爾雅註疏》,十三經註疏整理委員會:《十三經註疏》,北京:北京大學出版社,二〇〇〇年。

[南朝宋]劉義慶著,[南朝梁]劉孝標注,余嘉錫箋疏,《世説新語箋疏》,北京:中華書局,二〇一五年。

［宋］朱熹撰，《楚辭集注》，長沙：嶽麓書社，二〇一三年。

［宋］朱熹撰，《詩集傳》，趙長征點校，北京：中華書局，二〇一七年。

［明］郝敬撰，《毛詩原解》，《續修四庫全書》（第五八册），上海：上海古籍出版社，二〇〇二年。

［明］郝敬撰，《談經》，《續修四庫全書》（第一七一册），上海：上海古籍出版社，二〇〇二年。

［明］郝敬撰，《小山草》，《四庫全書存目叢書補編》（第五三册），濟南：齊魯書社，二〇〇一年。

［明］郝敬撰，《藝圃傖談》，周維德集校：《全明詩話》，濟南：齊魯書社，二〇〇五年。

［清］陳士柯撰，《孔子家語疏證》，崔濤點校，南京：鳳凰出版社，二〇一七年。

［清］王先謙撰，《尚書孔傳參正》，北京大學《儒藏》編纂與研究中心：《儒藏精華編二〇》，北京：北京大學出版社，二〇〇九年。

何志華等編，《先秦兩漢典籍引詩經資料彙編》，香港：香港中文大學出版社，二〇〇四年。

王叔岷撰，《莊子校詮》，北京：中華書局，二〇〇七年。

徐元誥撰，《國語集解》，北京：中華書局，二〇〇二年。
楊伯峻撰，《春秋左傳注》，北京：中華書局，二〇〇九年。
楊伯峻撰，《列子集釋》，北京：中華書局，一九七九年。
楊伯峻撰，《孟子譯註》，北京：中華書局，二〇一〇年。
張雙棣撰，《淮南子校釋》，北京：北京大學出版社，一九九七年。